声音

丁锁明 著

中国·苏州
古吴轩出版社

图书在版编目（CIP）数据

声音 / 丁锁明著. — 苏州：古吴轩出版社，2018.10
ISBN 978-7-5546-1274-3

Ⅰ. ①声… Ⅱ. ①丁… Ⅲ. ①评论性新闻—作品集—中国—当代 Ⅳ. ①I253

中国版本图书馆CIP数据核字（2018）第249467号

责任编辑： 俞　都
见习编辑： 黄菲菲
责任校对： 徐小良
吕丽静
责任照排： 刘　浩

书　　名： 声　音
著　　者： 丁锁明
出版发行： 古吴轩出版社
地址：苏州市十梓街458号　　邮编：215006
Http：//www.guwuxuancbs.com　　E-mail：gwxcbs@126.com
电话：0512-65233679　　传真：0512-65220750
出 版 人： 钱经纬
印　　刷： 苏州市越洋印刷有限公司
开　　本： 880×1230　1/32
印　　张： 5.5
版　　次： 2018年10月第1版　第1次印刷
书　　号： ISBN 978-7-5546-1274-3
定　　价： 32.00元

自　序

我从事新闻宣传工作三十多年了。三十多年，只做一件事，不"见异思迁"，不"喜新厌旧"，专业、专心，辛勤笔耕，收获颇丰。

退休后，静下心来想想，这些年我发表了数千篇新闻和评论，总得留下一点记忆吧。由此，自然就想起要汇编一本书稿。我在这个岗位上，虽然没有特殊贡献，但尽到了一名新闻工作者应尽的职责：为弘扬正气发声，为人民群众呼吁，这点使我备感欣慰！

要想做一名合格的新闻媒体人，必须坚持实事求是的作风，正确发出自己的"声音"。阿谀奉承、虚张声势的大话不可讲，掩人耳目、欺骗群众的假话不可讲，脱离实际、浮夸失实的空话不可讲。发出的"声音"，既不可似是而非、模棱两可，也不能凭空想象、空穴来风，要贴近社会，贴近实际，贴近群众，深入观察、思考、分析，有针对性地抓住一些新问题、新情况，实事求是、辩证客观地分析，旗帜鲜明地发声，以弘扬正气、除浊扬清，起到宣传、鼓舞、批评、激励、推动和促进的作用。

为了让文章更好地发挥这些作用，我除了坚持正确的舆论导向，还力求把文章写得精彩、精炼，做到形象生动、别有新意，以引发共鸣。评析时，摒弃空泛议论、"无病呻吟"，使文章短而不空、言之有物，用简练的语言、较短的篇幅指出问题、讲明道理，让读者愿意读，读起来轻松酣畅，读后会心一笑。

二十世纪八十年代，我在《人民日报》《中国青年报》《中国市容报》等媒体上发表的《为啥又挂“免战牌”》《“思想病”种种》《警惕“清水”被污》《“乌纱帽”与腿软》《“温暖工程”与“纪念工程”》等评论，多次被《文摘报》《报刊文摘》等转载。其中，《为啥又挂“免战牌”》还被中共上海市委党校《党政论坛》转载并收藏，产生了良好的宣传效应，传递了正能量，受到读者好评。

这次结集出版的文章是我从数千篇作品中精选的代表作，以评论随笔为主，还有少量时政论文。这些作品虽然绝大部分是在二〇〇〇年之前发表的，但今天读来，依然具有针对性和现实性，对社会上的不良风气有警示、纠正作用，对从事文稿写作的朋友或许有所启发。

最后，我要特别强调，结集出版这些作品，并不是炫耀自己的写作水平和思想理论水平，而是对自己从事新闻宣传工作几十年的一份职业总结，是对过去那些年代的观察、发现、记录、回忆、思考和评说，是一名共产党员、党的新闻宣传工作者为传播正能量应该发出的声音！

仅此而已。

2018年春于苏州金鸡湖畔雅院

目 录

评论随笔

时政论文

评论随笔

岂能“乌纱帽”戴上就“辍学”

贫困地区儿童辍学现象已日益引起社会各方重视，不少热心人纷纷解囊助学使他们重返课堂，令人欣喜。然而，另一种“辍学”——某些戴上“乌纱帽”的中青年干部因忙于“政务”“事务”而荒疏了读书学习，却着实令人忧虑。

戴上“乌纱帽”就“辍学”，并不是个别现象。有些中青年干部在戴上“乌纱帽”前，很注意读书学习，加强思想道德修养，提高科学文化水平。然而，一旦担任一定的领导职务后，他们便因种种缘由中断了学习。有的“泡会场”，以“会”代学；有的“跑现场”，以“干”代学；还有的靠“发号施令”，以“权”代学。少数干部还因为不注意读书学习，闹出了不少笑话。某镇一名年轻的镇党委书记在给党员上党课时，党员的“八条义务”讲到第五条便“卡了壳”，憋得满脸通红，场面十分尴尬。

中共中央历来强调党员领导干部的学习问题，多次告诫党员领导干部要加强学习，提高思想水平和政治辨别力。中青年干部担负起领导职责后，更应认识到加强学习的重要性，不管工作多忙，也要挤出一些时间学习，努力提高自身素养。只有这样，领导干部才能更好地行使岗位职能，避免失误，当好“领头羊”。想想中共中央多次语重心长地告诫，某些戴上“乌纱帽”的中青年干部，难道还能心安理得地“辍学”下去吗？

原载《人民日报·华东新闻》1996年12月18日九版

“常败常挂帅”析

有这么一名干部，3年中调动了3个单位。他先是任某公司一把手，因工作失误、影响恶劣，被调离。然而这调离并非给他一个接受教训的机会，而是让他到另一个单位仍坐“头把交椅”。不行终究是不行。在新单位，他弄得领导班子几个人“交火”不停，以致工作无法开展。这回该叫他反省反省了吧？不，他又被组织上调到一国有企业任党委书记、厂长。这回祸闯大了，一个好端端的企业被他祸害得停了产，当年损失100多万元。

这里无意去评说那“常败将军”本人。倒是他为什么能常败而常“挂帅”，实在让人不解。组织上在决定任用他的时候，对此人考察过没有呢？想来，无非是三种情况：没有考察；考察了，没发现问题；考察了，也发现了问题，但还是坚持任用。无论哪种情况，都反映了干部工作的某些传统做法已经不适应实际需要。这种不适应，有时是对管干部的干部缺少监督，有时是管干部的干部虽然也在认认真真工作，却由于方法过时，观念陈旧，常有用人不当之失误。

群众说：“常败将军常挂帅，大事小事都受害。”中共中央早就制定了有关选拔、任用干部的办法，为什么有些地方就不认真执行呢？现在，各级政府都在酝酿机构改革，但愿能借这股东风，治治“常败将军常挂帅”的顽症。

原载《人民日报·华东新闻》1998年6月19日一版

为啥又挂“免战牌”？

“今日学习，停止办公。”这是我去某市两个机关办事见到的“免战牌”。

这类“免战牌”在“史无前例”的年代，举目可见，不足为怪，因为那时“天天读”是雷打不动的。我纳闷的是，那个年代已结束十多年了，为什么在今天这个改革时期，还有一些单位高挂起这类“免战牌”呢？

原因也许是多方面的。我看根本原因还是形式主义的顽症在作怪。某些同志也深知此症的危害，然而，如果不患此症，反觉得“心里发慌，没了主张”，总怕上级领导说自己抓政治学习不努力。因此，一组织政治学习，很自然地就炒起了冷饭，走起了老路来，似乎只有这样，才算重视了政治学习。至于理解了多少，落实得怎样，则可以不加过问。

政治学习，提几条要求是必要的，但不应硬性规定用多少时间关起门来学习。摘下“免战牌”，让前来办事的同志顺顺当当地进出机关的大门，这不正是国家机关工作人员的职责吗？

原载《人民日报》1987年11月18日一版，
中共上海市委党校《党政论坛》转载

没本事与“会来事”

常听到这样的议论：“不怕没有本事，就怕不会来事”，“没本事不要紧，会来事就吃香”。这是对阿谀奉承的一种讽刺。

社会上确有那么一些人，既无专业知识，又无工作能力，但很会“来事”。惹领导生气的话不说，得罪领导的事不办；唱“喜歌”、报“喜讯”，嘴甜腿勤善吹捧。某些领导被哄乐了，视这种人为“贴心人”，委以重任，关心有加。而那些真有本事、干实事、说实话的人，却因不会“来事”而吃不开。这样的单位怎么可能树立正气、开创新风呢？

原载《人民日报》1986年1月7日一版

让群众的意见有分量

分析许多腐败分子的案例，不难发现一个现象：有些人在被提拔前就有劣迹了，而且群众也早有举报。

出现这等蹊跷事，我看主要原因是有些地方在考察、选拔干部时不坚持党性原则，不走群众路线，而是凭“感情分”“关系分”“印象分”和“表演分”。如此拼凑的“优秀”，能不出问题吗？

看来，为使考核不走过场，必须过好“群众考察关”。他们的眼睛最亮，谁优谁劣，看得最清楚。

最近几年，许多地方都在推行领导干部任前公示制。可以说，这是干部选拔、任用机制的重大改革。实行这一制度，关键在于充分听取群众的意见。然而，也有少数单位的任前公示存在形式主义的现象。公示搞过了，各方的意见也听取了，但是否采纳，是否认真查了，则说不清楚。因此，笔者建议，组织部门不妨把大家的意见及处理结果在一定范围内公之于众，至少要给那些实名提意见的同志一个答复。如能这样做，相信群众说的话就会有分量了。

原载《人民日报·华东新闻》2001年9月12日一版

忧闻检查旺季到

11月10日，“创建文明单位”大检查；11月18日，党建工作大检查；11月25日，财务工作大检查；12月3日，安全生产大检查；12月12日，纪检工作大检查……这是我在某单位翻阅电话记录簿时看到的内容，办公室主任说：“一年一度的检查旺季又到了！”

时近年底，检查旺季的到来，令人担忧，因为在名目繁多的大检查中，有些检查“变了味，跑了调”，提前十天半月就通知基层，从汇报主题、检查内容到检查方法，交代得清清楚楚。基层单位接到通知后，便立即行动，组织迎检队伍，“精心准备”，确保万无一失。如某镇在十天前就接到了县里“创建文明集镇”大检查的通知，镇领导闻风而动，组织全镇居民、职工开展卫生“大突击”。镇领导规定：卫生死角，特别是露天粪坑，务必用砖头砌围墙挡住，并刷上白灰；无证摊贩在两天的检查中，不得上街；镇上冒浓烟的污染企业停产两天；汇报材料要反复推敲润色。在经过“充分准备”后，该镇迎来了检查团。“检查官”们看的是经过精心包装的现场，听的是生动的汇报，吃的是丰盛的酒宴，带走的是被检单位领导的“心意”，留下的是创建达标的“喜讯”。

像上述这样的大检查，已失去了检查的本意，助长了形式主义、弄虚作假、请客送礼等不正之风，怎不使人忧心呢？

原载《人民日报·华东新闻》1997年12月3日一版

警惕这种“戏法”

某些腐败分子善于用“演戏”的手法来塑造自己清正廉洁的形象。此事不可不察。

某市市委书记胡某就很会“演戏”，明明干着见不得人的勾当，在台上做报告却装成“一身正气，两袖清风”的样子：“你们看见了吗？这个‘钱’，左边一个金库，右边两个‘戈’，代表两个卫士在持枪看守。所以，决不可伸手拿钱，伸手必然被捉。”胡某这套“戏法”演得不可谓不精彩，但他最终还是可耻地走进了班房。

对腐败分子的这种“演戏”，许多领导同志保持了高度的警惕性，不仅仅听其言，更注重观其行，并到群众中了解考察，因此能够及时识破“戏法”；而有些领导干部却患有“眼疾”，看不清做戏者的真面目，被他们的“精彩”表演迷住了双眼，有的甚至把他们视为“提拔放心”“用着称心”的好干部，自觉、不自觉地当了腐败分子的“保护伞”。这种现象，确实值得深思。

原载《人民日报》1996年9月10日九版

乱吃“补药”亦伤身

我的一个朋友因吃补药，引起胃病复发，经医生治疗一个多月才得以好转。其实，吃补药伤身的又岂止是他。生活条件好了，有的人“滋补心切”，见补药必吃；有的人甚至认为补药有益无害，尽可放心服用。结果，花钱添病，何苦呢？

以此为镜，我又想到另一些乱吃“补药”的人。如有些企业的领导人为使自己的企业“永葆青春”，盲目把人家的做法视为“灵丹妙药”，加以“服用”，结果伤了企业的元气。某市有家企业，学习外省某市一个企业的做法，向银行贷款300多万元上了一条新生产线，由于技术管理等方面的条件都不具备，不到半个月便被迫停产。买了“鸡”，下不了“蛋”；服了“药”，强不了“身”，使企业陷入新的困境。

看来，对“滋补”企业的“补药”，企业最好能请有关专家做些具体“诊断”和指导，才比较稳妥保险。如自恃高明乱服“补药”，难免会出现“服药伤身”的现象。

原载《人民日报·华东新闻》1997年6月10日九版

年终总结怎样写

又到年终总结时，有些“秀才”已在开动脑筋，欲施展“才华”，力争写出领导或上级部门满意的总结来。

总结好，大有益。但有一些总结，不见得就是好总结。如那些一谈情况、二谈成绩、三谈经验、四谈不足、五谈设想，不分主次，面面俱到的“八股式”总结；还有为追求“生动”而进行文字加工，“妙笔生花”“锦上添花”，任意浮夸拔高的，领导看了未必“点头”，群众听了却“摇头”，这样的总结，恐怕算不得好总结。

依笔者愚见，写总结首先是为了从实践活动中归纳出一些规律性的东西——经验或教训，以进一步指导实践，只有这样的总结，才能发挥指导实践的作用。其次，要实事求是，既不能搞“艺术加工”，也不能浮夸吹牛。第三，莫“贪多求全”，要突出重点，不要面面俱到。第四，在写法上要观点明确，开门见山，一语中的。好，好在哪里；有经验，经验有几条；有教训，是哪几方面的教训，怎么造成的？

如此实实在在地进行总结，才能起到总结过去、指导今后的作用。也只有这样的总结，才能让领导满意，群众也满意。

原载《人民日报·华东新闻》1996年11月27日九版

让虚报者丢“乌纱帽”

近两年来，强调如实上报统计数字的红头文件发了不少，但虚报数字的“水分干部”“喜鹊干部”仍有增无减。出现这种情况，一个主要原因就在于少数地方的领导患有一种“数字综合征”，对那些并不代表实干成绩的书面数字情有独钟。有的地方对虚报数字者不但不批评查处，反而把他们视为“工作有‘胆量’，说话有‘分量’，活动有‘能量’”的干部加以提拔重用。“不怕没有本事，就怕不会报数字”，这种现象令人担忧。

虚报数字是一种浮夸行为，它败坏了我党实事求是的作风，甚至会导致领导决策失误。河南省从今年1月起，在全国率先实施《违反统计法律法规行政处分暂行规定》，对虚报统计数字者给予警告直至撤职开除的处分，谁虚报数字就摘谁的“乌纱帽”。这一新规定之所以大得人心，就因为它没有弹性和变通，谁虚报谁丢官，毫不留情，使虚报数字者没有退路。河南的做法，实为整治虚报数字者的“杀手锏”，值得各地借鉴。

原载《人民日报·华东新闻》1997年3月28日九版

请问一声："这是为什么？"

近两年来，不少地方领导的办公室"旧貌换新颜"，纷纷用地毯、沙发、空调、"老板桌""老板椅"等武装起来了。面对豪华气派的办公设施，领导们心里却格外平静，似乎这一切都是工作需要，以致发生下面来的同志怕进屋踩脏地毯，只好站在门外与领导对话的怪事。

笔者认为，作为人民的公仆，领导干部对办公设施不应"喜新厌旧"，一味追求"洋气"，甚至用星级宾馆的设施来装备办公室。因为办公室毕竟不是宾馆，而是办公之地，是联系群众的场所。当然，在条件允许的情况下，购置一些必要的设施也未尝不可，但应以大众化、便于群众办事为好。如果你的办公室满目豪华，群众看着不是味道，对你"敬而远之"，装饰得再高级，于你又有何益？

我想，那些至今仍热衷于追求"豪华型"办公室的领导同志，不妨读读这个故事：十月革命胜利后，管理人员为列宁安排了新的办公室，他们从沙俄宫殿里弄来有整间房间那么大的地毯和一张宽大柔软的安乐椅。一切安排就绪了，列宁来到办公室，富丽堂皇的地毯使他大为惊讶，他提高声调说："这是为什么？我怎么能在这样的地毯上走来走去呢？请你们马上把这个地毯撤掉。”列宁又看到了华贵的安乐椅，他激动地说：“这又是为什么？请立即把它送回去。”我想，我们的领导干部，遇到特殊照顾时，是否也该问一声：“这是为什么？”

原载《人民日报·华东新闻》1997年5月14日九版

“工程”之忧

现在，“工程”这个词使用的频率越来越高了。诸如“扶贫工程”“满意工程”“环保工程”“希望工程”“夕阳工程”“温暖工程”“形象工程”“细胞工程”……真是数不胜数，令人眼花缭乱。

面对日益增多的“工程”，群众自然高兴，因为这些“工程”都和他们的生活紧密相连。但有些群众在高兴之余，也产生了这样的疑虑：如此众多的“工程”都能落实吗？群众的这种担忧不是没有道理。前些日子，笔者跑了几个城市，了解到“工程”落实的情况并不令人乐观。如某市提出实施“扶贫工程”，但贫困乡镇仍收到市里有关集资办“节”和捐款兴建纪念馆的红头文件，要求村民主动集资、捐款做贡献。群众说：“这岂不是唱的是‘扶贫戏’，做的是‘挤贫事’？”又如有个市大喊抓“满意工程”，保证抓好市民的“菜篮子”，但市场上蔬菜等价格居高不下，且长久无人过问。如此“满意工程”，群众能满意吗？

“工程”不能很好落实，我看主要原因是有些“吹牛”者得到了“牛”。有的干部不在落实上下功夫，而专在“吹”上做文章，干得棒，不如吹得响。这种事例不是常常能听到、看到吗？

原载《人民日报·华东新闻》1996年11月7日九版

把喜事办好

某县县委宣传部和总工会联合发出通知，为了迎接今年的重大喜事，要求各基层单位从4月份起举办10多项比赛活动，内容有歌舞、戏曲、演讲、朗诵、书法、摄影、篮球、乒乓球、象棋、射击，等等。一些基层干部私下里感慨：真让人吃不消！

今年大事、喜事多，有国庆50周年，有迎接澳门回归。如何庆祝和迎接，在方式方法上确实需要研究：是借这两件大事、喜事，铺张浪费走形式呢，还是用朴实、节俭的方法，搞一些有教益的活动呢？如果都像上述这个县那样，要举办如此多的活动，不仅浪费精力、财力，也浪费时间。搞比赛，谁不想争个好名次？这就免不了占用工作时间排练、训练，还要花钱买各种器材。诸多活动搞下来，相信主办者、参与者都会不堪重负。

“两会”期间，中国科学院院士、清华大学教授卢强委员在讨论会上发言说：“建议国务院向各地发出紧急通知，不允许借国庆50周年之名大搞铺张浪费。在全国提倡国庆活动按朴实、真诚、节约和富有教益的原则进行，以真正达到爱国主义教育的目的。”话音刚落，会场响起一片热烈的掌声。这正体现了中共中央、国务院的指导思想，也反映了人民群众的愿望。

原载《人民日报·华东新闻》1999年4月6日一版

父母必读

某县有两个家庭：一家出了3个博士，一家出了3个囚犯。个中详情，听我细表。

出博士的是个农民家庭，父母虽没什么文化，却懂得家教和自身行为对孩子健康成长的重要性。夫妻俩严格管教，并以纯朴的思想和行为给孩子以潜移默化的影响。3个孩子认认真真读书，规规矩矩做人，终于学有所成。

而出囚犯的家庭，却忽视了家教和自律，只管孩子吃穿，其他一概撒手不管，让其“自然成长”。夫妻俩一有时间就“泡”舞厅、“筑方阵”。在他们的影响下，3个儿子有样学样：老大倒卖商标，老二盗窃，老三为争舞伴行凶。待他们被关进监狱，父母才如梦初醒。

这一喜一悲的两个典型例子，使我们认识到家教的重要性。父母把孩子带到世上，除了保证其身体健康以外，最重要的就是给他们良好的教育，这比万贯家财更金贵。有人说，年轻的父母是和孩子一起长大的。意思是说，教育孩子也是个学习和摸索的过程。孩子的心理、行为特征，父母行为的影响，社会环境的作用，这些都值得所有的父母认真研究。

原载《人民日报·华东新闻》1999年6月30日一版

“思想病”种种

江苏丹阳市建委党委联系近几年的社会现象和本系统在思想领域中出现的种种错误倾向进行回顾总结，归纳出“十五种病症”：

爱“资”病。总觉得社会主义不如资本主义，开口外国，闭口西方，否定自己，盲目崇洋，缺乏爱国主义思想和民族自豪感。

灰色病。否定一切，一说反腐败，似乎共产党员都坏透了，“无官不倒，无官不贪”，散布“灰色情绪”。

牢骚病。看什么都不顺眼，有说不尽的怪话，发不完的牢骚。

拜金病。“一切向钱看”，光要“票子”，不要人格、面子。

清谈病。光说不干，吹牛“放炮”，脱离实际，纸上谈兵。

诬告病。无中生有，捏造事实，到处诬告。

信谣病。爱信谣，对中共中央的消息不信，对“马路消息”一听就信。

挑剔病。整天眼睛盯着别人，自己不干工作，看见干工作的同志便说三道四，评头论足，甚至“鸡蛋里挑骨头”。

利己病。一切为了自己的私利，不讲“雷锋精神”，不讲共产主义风格。

拆台病。背后搞小动作，绞尽脑汁拆别人的台。

漏嘴病。没有纪律约束，信口开河，随便泄露党的机密。

传舌病。“舌头长，闲话多”，影响团结。

嫉妒病。对能力强的人，心怀嫉妒，看见别人被提拔就眼红，唯恐别人超过自己。

猜疑病。互不信任，互相猜疑。凭个人狭隘的眼光去胡猜乱想。

馋懒病。又懒又馋又贪玩。群众说他们是工作上的“懒汉”，酒桌上的“好汉”，牌桌上的“硬汉”。

原载《中国市容报》1989年9月3日一版，

《人民日报》1989年10月8日全文转载

警惕“清水”被污

过去人们常把宣传、文化、教育等部门视为“清水衙门”，而在这些部门担任领导职务的同志也把自己称为“清水官”。

可如今情况发生了变化，某些“清水衙门”流出了“污水”。最近，两个案件便是见证。一是哈尔滨检察院侦破一起发生在黑龙江大学的特大贪污、挪用公款案件，黑龙江大学原财务处处长贪污53.9万元，并挪用公款300余万元，用于炒股票、炒房地产等，被依法提起公诉。二是山东泰安市市委宣传部原部长，自1990年8月至1995年春节前，共收受、索取他人贿赂64次，被依法判处有期徒刑10年。

这两个案件均在当地引起很大震动，为我们敲响了警钟：“清水衙门”并非都是“一池清水”，某些自诩“清水官”的人也并非真正的“清水官”。他们在财欲、物欲驱使下，私心膨胀，手变“长”了，心变“贪”了，凭自己的“胆量”和“能量”，大搞“能者多捞”。这些“捞官”，自然好景不长，最终逃脱不了法律的制裁。这虽然不是普遍现象，但值得警惕。在开展反腐败斗争中，各地也要注意清除“清水衙门”流出的“污水”。

原载《人民日报·华东新闻》1996年12月10日九版，

《报刊文摘》1996年12月16日转载

不合时宜的举措

眼下，很多省、市都在忙着组织为灾区人民捐款，把党和政府的关怀、广大人民的爱心送到灾区。但是却有某地方的领导，不知出于什么考虑，正在忙着发动党员干部为修建某项“纪念工程”捐款。通知规定：副市级以上党员干部每人捐150元，乡、局级党员干部每人捐100元，乡镇、市级机关党员每人捐60元，最基层的也要捐10元、20元不等。

这个通知下达后，人们议论纷纷。大灾之年，是解决灾民们的柴米油盐、衣食住行、孩子上学、疾病防治等问题急，还是你那个“纪念工程”急？事情孰急孰缓，应是清清楚楚。

如此忙着搞“纪念工程”，必定会干扰抗洪救灾和支援灾区，不说是另一种“灾”，起码是十分不合时宜的。

原载《人民日报·华东新闻》1998年8月21日一版

“乌纱帽”与腿软

一戴“乌纱”腿就“软”，这是群众对某些“新官”的评价。

某些中青年干部在未戴“乌纱”时，腿脚蛮硬，经常骑自行车或步行去有关单位了解情况，帮助解决实际困难。可一旦走上领导岗位，即使到近在咫尺的下级单位去，也非要“屁股后头冒烟”（坐小汽车）不可，否则，似乎没有“官”样。

我毫无反对坐小汽车之意。交通现代化有助于节省时间，提高效率，只要工作需要，尽管放心去坐。我要提醒的是，不要以坐小汽车来显示自己的地位和“气派”，因为这只会拉开自己与群众的距离。

两条腿倒是应该练得硬些为好，多寻找些机会，和群众一道骑骑自行车，挤挤公共汽车，或者干脆一起走走，随意聊聊。这对自己的身心健康、密切群众关系，都不无益处。如果不分远近，也不讲工作需要与否，一味热衷于“屁股后头冒烟”，久而久之，你的威信可能随着青烟一道消失。

原载《中国青年报》1987年10月13日一版，

《新华日报》《文摘报》转载

禁令缘何失灵

为遏制腐败现象的产生，近年来，各地都制定和印发了不准公款吃喝、不准公款游山玩水和不准公款娱乐等禁令。面对一道道禁令，有些“公仆”却依然我行我素，群众戏称：一沓禁令也管不住一张嘴、两条腿。

禁令失灵，让人担忧。但这不能怨天，只能尤人。因为禁令失灵，主要是人为因素造成的。君不见，有些制定、下达禁令者甚至也带头破坏禁令。如今年3月，财政比较困难的某县县委领导班子重新研究、制定了不准公款旅游的禁令，不料禁令刚发出一个星期，县委书记就责成10多个单位的负责人筹资100多万元，打着考察的旗号，亲自带队赴东南亚旅游去了。禁令在当地难以落实，原因也就不言自明了。

禁令难以执行，与人为因素的干扰关系也极为密切。每当违反禁令者要受到查处时，总有一些“热心人”闻风而动，“鼎力相助”，或给有关领导打电话、写条子，或登门拜访，为违法乱纪者说情，要求从轻发落或免予处分。有的领导碍于情面，就变通禁令，大事化小，小事化了。更有胆大者，公开对抗禁令，说什么“吃了玩了不算腐败，装到口袋里才是腐败”，理直气壮地用公款消费。

看来要确立这禁令的威严，只有一句话：违令者查！不管什么人，只要违反了禁令，就要坚决查处。这样，禁令才灵！

原载《检察日报》1999年4月10日一版

"因祸"不能"得福"

有些领导，决策一次次失误，事故一次次发生，却总能"平安无事"，有的甚至"因祸得福"，受到上级的表彰、奖励，甚至晋升。

出现这种情况，当然有多方面的原因，但某些领导善于"反面文章正面做"恐怕是主要原因。如房屋倒塌、厂房失火、河堤决口……这些事故往往是领导不重视安全生产造成的。事故发生后，本该认真做做反面文章，总结教训，严肃查处有关责任人，并在新闻媒体上曝光，以引起人们重视，杜绝此类事故的发生。然而，某些对事故负有直接责任的领导者，"灵机一动"，来个"反面文章正面做"，汇报他们是如何指挥抢险、如何抢救受伤群众、如何处理死难者后事和安抚伤亡者的家属，把自己打扮成"抢险救灾功臣"，从而受到上级领导的表彰和奖励。

群众说："某些领导反面文章正面做，把事故和责任做没了，功劳做大了，奖励做多了，职务做高了！"群众的批评，难道不应该引起我们的深思吗？

如何解决"因祸得福"者的问题，我看，一是上级领导要切实转变作风，深入实际调查研究，及时识破那些"反面文章正面做”的真相；二是严肃查处“反面文章正面做”的人，给予政纪、党纪处分，严重者要绳之以法，让他们因祸得祸才是！

原载《检察日报》1997年10月31日一版

“农家饭”吃出“好味道”

某市市委书记深入贫困村的农家访贫问苦，谢绝当地领导的宴请，执意在被访问的农家吃饭，农民又惊又喜，端出一小盘咸菜和热气腾腾的菜粥招待书记。饭桌上，书记和农民边吃边谈，农民向书记倾吐心声，反映当地农业生产、计划生育、干部作风和村民生活等方面存在的问题，书记边听边点头，时而还掏出小本本记一阵。饭后，这位书记深有感触地说：“这顿‘农家饭’吃得有‘味道’啊！”“农家饭”何以吃出好“味道”？这是因为“农家饭”不用事先“准备”，有什么吃什么，没有阿谀奉承的味道。我想，作为人民公仆，倒是应该像上面提到的这位书记那样，深入“农家门”，尝尝“农家饭”，听听群众的真心话，这对改进领导作风、密切干群关系、避免决策失误不无益处。

如今有的领导干部虽然也深入基层，但只奔“县衙门”，不进“农家门”，即使偶尔“身入”，也不吃“农家饭”，而是说一些“官话”，便坐“官车”回到当地宾馆吃“官宴”去了。

人民公仆长期不吃“农家饭”，便看不到问题，听不到真话，把“眼睛吃瞎了”“耳朵吃聋了”，尝不到实事求是的味道，失去了做公仆的味道，还有什么味道呢？

原载《检察日报》1997年6月12日一版

"公仆"何必搞"包装"

近闻某市一处级领导干部，找到当地一位小有名气的"秀才"，请他为自己撰写一篇2000字的"自我形象设计"材料，并一再嘱咐："尽量写得精彩感人些，设计包装出好形象，看后给人留下好印象。"

笔者认为，作为党的领导干部，请人为自己的形象"设计包装"，恐怕不妥。因为，你是人民公仆，你的言论、行动、工作和生活作风，就已经为你自己设计了形象，何必再请人"设计包装"呢？有些"公仆"之所以醉心于请人"设计包装"，可能怀有两个目的：一是为自己歌功颂德、树碑立传；二是为自己并不"漂亮"的形象搞"包装"。如有的领导贪财、贪吃、贪喝、贪色，明明是个"贪官"形象，却硬要请"笔杆子"为他"妙笔生花"，塑造"清正廉洁"的形象。这种"包装"，只能骗取某些官僚主义者的喜欢，群众又有谁信呢？

我想那些至今念念不忘请人为自己搞"设计包装"的"公仆"，是否应该认真读读乡镇党委书记的榜样吴金印拆除碑文的故事：河南省卫辉市唐庄镇的石屏村，10年前人均收入只有300多元，吴金印带领村民苦干、实干，使昔日的穷山村变成了树满山岗果满枝的新农村，农民为铭记吴金印的功德，便在村角立了一块碑，上书：致富不忘吴金印。吴金印发现后，便苦口婆心说服群众，并自己动手把碑拆除了。他说：“老百姓是爹娘，谁不好好为他们办事，就是不孝之子。哪有儿子为爹娘办事，还要爹娘立碑歌功颂德呢？”

原载《检察日报》1997年12月8日一版

捐款不能硬摊派

笔者一位在某地级市当科长的朋友，最近回家探亲，谈了他们市的捐款情况：为搞“敬老工程”“纪念工程”“形象工程”，今年已进行了三次捐款活动，而且每次捐款均由市政府印发红头文件，对捐款金额、完成捐款的时间都做了硬性规定。基层单位的干部、职工纷纷议论：“如此捐款，是改头换面的摊派！”

笔者认为，既然是捐款，应该遵循自愿的原则，捐还是不捐，捐多少，都应由本人根据自己的经济条件决定，上级政府怎么能做硬性规定呢？

现在，有一种情况值得注意，有些地方的领导干什么事，不愿从政府财政上挖潜，而专门在基层干部和职工身上“挖钱”。有些事，如天灾人祸，搞些捐款是可以的，但即使是这种捐款，上级政府也不能做硬性规定。特别是一些本该由政府出钱办的事情，如果兴师动众搞募捐，则是政府的失职；而如果打着捐款的旗号搞硬性摊派，或者通过捐款为自己搞“政绩工程”，则是滥用权力。

如此这般，人民群众能没怨言吗？

原载《检察日报》1999年8月5日一版

莫让“一流”遍地流

近两年来，做“一流”文章的人多起来了。如“一流企业”“一流技术”“一流设备”“一流产品”“一流服务”……到处可见，真是“一流”遍地流！

真正的“一流”遍地流，人们当然高兴，可现实情况是，有相当多的“一流”是一些地方和单位自吹自封的。如某市一家房地产开发公司，只有一名高中文化程度的经理、两名助理工程师、一名助理会计师，施工人员都是从社会上招来的“杂牌军”，施工设备陈旧落后，脚手架用毛竹代替。

就是这样一家企业，却在当地报纸、电视台大做广告，称自己是“一流施工企业”，具有“一流的施工队”“一流的施工技术和装备”。有个单位请他们兴建一幢六层高的综合楼，房子竣工交付使用后，发现墙有裂缝，屋面、窗台都渗水、漏水，该单位领导才大呼上当受骗。

如何解决“一流”遍地流问题？笔者以为办法有两种：

一是对“一流”要“验明正身”，不要一听就信，要看看是哪些权威部门、哪些权威专家评审命名的，有可靠依据，方可相信。

二是对“一流”进行清理整顿，确实是“一流”的，要加以宣传保护，让其更好地造福人民。对那些冒牌的“一流”，要毫不客气地摘掉牌子并依法查处，省得这些“浊流”再害人！

原载《检察日报》1997年12月24日一版

切莫“以唱代廉”

“人民的干部要记住，一个头衔一肩任务，为民造福，办事公道，当好公仆……”今年来，这首《廉政歌》在江苏省唱响，眼下，其他一些省、市（区）也在高唱这首歌。出现这种情况，群众当然高兴，但群众最关心的是：《廉政歌》唱过以后怎么办?

笔者发现，不少领导干部在唱过《廉政歌》后，能够自觉地用歌词对照、检查自己，纠正不廉政的行为，争办廉政事，争做廉政人。但也有些“公仆”不像样子，他们在唱过《廉政歌》后，却依然心安理得地用公款吃喝玩乐。有一个镇，有正副书记、正副镇长共五名，他们一年四季抽的玉溪烟，全由镇属企业供应，自己分文不掏，惹得群众直摇头。

笔者认为，唱《廉政歌》是件好事，这是领导干部自我教育、自我约束的一种好形式，值得提倡，但更要注意解决唱过以后怎么办的问题，那种“以唱代廉”，认为“一唱就灵”“一唱就廉”的想法无疑是天真幼稚的，要真正解决腐败问题，笔者认为还要“五管齐下”：完善、强化监督制约机制，调查有关经济犯罪问题的举报，教育公众反腐败，制定防腐败措施，严惩腐败分子。只有如此，才能逐步减少和杜绝腐败现象。

原载《检察日报》1997年11月24日一版

“引资”与“引纸”

日前，朋友从外地来看我，说起他们县招商引资的情况。去年，该县书记、县长带队连续三次到国外引资，回来后便通过媒体大肆宣传“引资成果喜人”。实际情况是，他们同外商只不过签订了十多份意向性协议，项目、资金根本没落实。群众批评说：“书记、县长从国外带回一堆纸，如此‘引资’是‘引纸’。”

把“引资”变成“引纸”，至少可以说明三个问题：一是华而不实。有些领导热衷于把纸上的东西作为“成果”“政绩”来宣传，以达到“鼓舞人心，树立威信”的目的。结果，反倒伤了群众的心，自己也失去了威信。二是偏听偏信。过分相信、迷信外商，认为只要他们“一点头”“一开口”“一签字”就能生效，最后上当受骗，落个“望纸兴叹”。三是愚弄群众。有些领导打着“招商引资”的旗号，组团出国旅游观光，出国一次，少则十多万，多则上百万，花这么多公款，若无“成果”，回国如何向群众交代？于是硬拉外商签订意向性协议，至于资金、项目能否落实，他却不管，只要能瞒过群众，自己“平安无事”就好。

把“引资”变成“引纸”，不是一件小事，各地纪检监察部门不妨查查，在你们那里，有无此类问题呢？

原载《检察日报》1999年1月14日一版

少做“指示”多办事

某县召开经济工作会议，除了县委书记、副书记在会上做“指示”外，县长、副县长亦在会上做“指示”。四位领导共做了二十多条“指示”。参加会议的基层干部说：“这么多‘指示’，把我们的思想指乱了，方向指蒙了！”

基层同志的批评，确实该引起有关领导的重视。现在，有些领导习惯于做“指示”，大会小会做，各种场合做，一个会议几个领导竞相做，信口说来的“指示”满天飞，使基层的干部无所适从，难以开展工作。

“指示”泛滥，对基层是一种干扰，因为有些领导的“指示”确实用处不大，尽是些“空指示”，原则的东西多，符合实际的东西少；摆花架子的多，真抓实干的少；急功近利的多，从长计议的少；迎合上级喜好的多，符合群众利益的少；甚至有的是违背中共中央精神的错误指示。对这些“指示”，基层的同志怎么能没有意见呢？

“指示”不可不做，但亦不可滥做，地方领导干部应该多深入实际，做细致的调查研究，做一些有用的指示，多为基层解决一些困难和矛盾。

原载《检察日报》1999年9月6日一版

善待劳模

最近，江苏省镇江市人民政府做出提高劳动模范待遇的决定。全市企事业单位、国家机关获得省级和全国“劳动模范”称号的干部、职工，除享受补充养老保险和补充医疗保险照顾外，其家属可办理“农转非”，劳模本人还可以短期疗养、休养，所需费用由本单位凭据报销。这一决定在全市公布后，不少人高兴地说：“如今，劳模又吃香了！”

近几年来，有些地方的领导光要求劳模无私奉献，对劳模工作上、生活上遇到的实际问题却关心不够。如某市一位省级劳模，因病住院，花去医疗费六千多元，出院后找到单位要求报销医疗费，单位领导却对他说，咱单位经济比较困难，你是劳动模范，怎么能为单位增添“麻烦”呢？劳模听后，哭笑不得。

劳模是人不是“神”，工作上、生活上也会遇到团难，有时就需要组织上帮扶一下。如果事事、处处都要求劳模发扬“牺牲精神”和“共产主义风格”，这是一种苛求。“既要马儿跑得好，又要马儿不吃草”，长此下去，“马儿”怎么吃得消呢？

邓小平同志曾经说过：“如果只讲牺牲精神，不讲物质利益，那就是唯心论。”重视不重视解决劳模的物质利益问题，是对劳模关心不关心、爱护不爱护的问题，镇江市的领导在这方面带了好头。

原载《中国市容报》2000年7月19日三版

领导莫当“剪彩明星”

某市市长去年一年参加桥路竣工通车、商厦落成、酒店开业等50多次剪彩活动。这个市长有请必到，时间长了，人民便给他起了一个“剪彩明星”的雅号。

市长被群众誉为“剪彩明星”并不是一件光彩之事，反而是对其作风浮躁、不干实事的一种讥讽。作为一市之长，每天都有许多问题需要去处理，放着群众关心的事情不做，而经常“泡”在大大小小的剪彩仪式上，群众看了能不产生逆反心理吗？

今年是新世纪的开局之年，要办的事情很多，任务很重、很艰巨。希望各级领导干部力戒浮躁，不图虚名，多深入基层调查研究，多为群众排难解忧，当一名群众拥护的“实干明星”。

原载《中国建设报》2001年2月26日一版

梁市长的“大事观”

笔者曾两次去珠海学习，这座海滨城市宽阔整洁的街道、错落有致的建筑、绿色的草坪、宁静的环境，还有那呼吸不尽的新鲜空气，给我留下美好的印象。珠海市民兴奋地说，珠海环境如此优美，得益于市委书记、市长梁广大的“大事观”。

梁广大自觉把环境保护当作大事抓。他既抓污染空气的烟囱、破坏宁静的噪音，又抓城市规划与建筑物造型、色彩和绿化、美化。在他的指挥下，珠海投资几亿元，关闭了近百个噪音严重的采石场，所有的大烟囱被迁出市区，拆除了有碍海边景观的违章建筑，马路中间全种上了花草树木。对此，有人提出非议：市长应该抓大事，管那么多小事干吗？梁广大反问：“什么是大事？空气、噪音、绿化、城市整体规划和环境，这些关乎人们生存环境、生产环境的事情算不算大事？作为一名市长，没有比造就一个美好的生活、生产环境，一个人人想住的地方更光荣的事情了。”

梁广大的“大事观”，值得称道。他以实际行动保护了人类生存的环境，体现出人民公仆对人民负责的精神。然而，有些“公仆”的“大事”则是自己的“私事”，抓的是急功近利的“政绩”，孜孜谋求的是自己政治上的“进步”。群众长年喝不洁之水，受烟尘毒害，受噪音折磨，他却认为是“小事”，并且放弃这些“小事”，去抓于己有益的“大事”，甚至继续上污染项目，以牺牲环境作为代价，换取“政绩”。这种“大事观”，理所当然要被群众指脊梁骨。

愿每个城市的市长都树立起梁广大这样的“大事观”，为市民创造一个美好的生存环境，使人民身体健康奔小康。

原载《中国市容报》1996年12月22日一版

且说“一顶乌纱十人抢”

某县建设局局长即将退休。消息传出，竟有十名同志争先恐后到县委组织部“毛遂自荐”去该局任局长。这真是“一顶乌纱十人抢”啊！

一个单位的领导，到了离退休年龄，总得有人去接班，这是正常的事情，本无可非议。笔者要说的是，十个人同抢一顶“乌纱”，竞争精神固然可嘉，但这种“争官”的情况，恐怕不太正常。

据了解，这十名同志有的是经济部门的干部，有的是农村乡镇干部，有的是科技部门的干部。他们也许都是本职岗位上的行家，但未必是当建设局局长的料，因为当建设局局长必须具备城市规划、建设、管理等方面的专业知识和经验。遗憾的是，这些同志都不具备这方面的知识，何必盲目争抢建设局局长这顶“乌纱”呢？

依笔者之见，有经济管理才能的干部，倒不如弃“官场”，奔市场，在兴办经济实体的战场上施展才华；熟悉农村工作的干部，应带领农民在抓好粮食生产的同时，大力发展多元产业，以增强农村经济实力，使农民更加富裕；科技部门的干部，要办好“试验基地”，发挥高新技术的示范作用，尽快使高新技术向传统产业渗透，从而提高社会生产力，为加快经济发展做出新贡献。

这样，各扬其长，各显其能，各有所为，岂不潇洒风流？！

原载《中国市容报》1992年7月23日一版

无知可怕

某县城建规划部门根据县城总体规划和城区房屋建筑详细规划的要求，在县城中心片区规划兴建一幢既有现代风貌，又能体现本地特色的商贸大厦。县委书记看了图纸后，说不行，硬要规划师修改图纸，把这幢建筑建到县城东北片区。规划师哭笑不得："不懂城市规划的基本常识，怎么能拍板呢？"某市水利局帮助一个镇修一条防洪堤坝，地质勘测部门经过探查后选定了坝址。镇党委书记到现场看后，连说坝址选得不好，他拿着一块小竹片，离开坝址10多米远，往那里一插，对技术人员说："坝址就定在这里！"一个不懂水利和地质常识的镇党委书记，一句话，一个动作，就否定了技术人员的意见。用无知否定科学，这样的事在现实生活中时有发生，实在可怕！

说其可怕，是因为某些领导同志不懂得某一方面的知识或不了解某一方面的事物，仅凭自己的"愿望""胆量""魄力"或"雄心""私心"做出的无知决策，势必使国家受害，人民遭殃。更可怕的是，我们有些领导干部，缺乏对党、对人民极端负责的精神，不学无术，不尊重知识，不尊重科学，不按客观规律和建设程序办事，至今仍在凭自己的无知发号施令，甚至盲目地搞什么“政绩工程”“面子工程”“献礼工程”，长此下去，怎不令人觉得可怕呢？

原载《中国市容报》1999年9月24日一版

“遮羞墙”当拆

张家港市开展声势浩大的建设“文明小区”活动，这项旨在实现城乡一体化的重大举措，得到全市人民的积极响应，该市杨舍镇前溪巷村，120多户人家主动拆除了过去为应付上级检查，用砖头在露天粪坑、垃圾堆外建起的一道长长的“遮羞墙”。读罢这则消息，我不禁为张家港人这种实事求是的精神和敢于“露羞”“言羞”的勇气叫好！

长期以来，有些地方的领导患了“护羞症”，明明自己那里的工作“有羞”，却不愿“启齿言羞”，更不愿把“羞”暴露在光天化日之下，更有甚者，千方百计对“羞”进行“包装”，建起“遮羞墙”，使其“面貌一新”，骗取了某些患有“近视症”领导的好评和喝彩，检查考核自然能得高分，戴上“达标单位”“先进单位”的桂冠。如某市听说上级检查团来检查、考核城市环境综合整治的情况，市领导通知市区十多家污染企业三天内不准排放污水和黑烟。检查团来后，果然不见烟尘、污水，“天蓝蓝，水清清”，于是做出了“大气质量好，环境无污染”的评价，老百姓看了直摇头。

令人忧虑的是，建“遮羞墙”之风，眼下仍在蔓延和扩大，有些地方明明经济“滑坡”，向上汇报却大讲“形势大好”；还有些地方明明有腐败分子，当地领导却不承认，极力美化当地干部为政清廉。这些“遮羞墙”，害党、害国、害人民，比起环境卫生上的“遮羞墙”危害更烈，应当坚决拆除才是！

原载《中国市容报》1997年10月11日二版

“四转干部”往哪转

“围着‘票子’转，围着‘桌子’转，围着‘裙子’转，围着‘鱼池’转。”在改革不断深化的今天，某些领导竟忙着这样转，以致“转昏了头脑，转迷了方向，转掉了传统，转坏了党风”。

红头文件规定不准用公款大吃大喝，且是“三令五申”，可某些“吃喝英雄”，照样围着圆桌转，“公吃”“公喝”无休止。某市有个党员领导干部，“公吃”还不过瘾，竟然“转”到贪污犯为他摆好的酒桌上，结果，好人坏人分不清，成为犯罪分子的保护伞，被开除党籍和公职。群众说他虽然脑门吃亮了，身子吃胖了，但眼睛吃瞎了，把自己吃掉了！不准用公款跳舞，上级也有明文规定。可某些有权的“舞迷”，照样用公款围着美人在舞池里转。群众批评这是“歪转”“逆转”“胡转”，“转得红头文件不可信，转得政府没威信，转得百姓寒了心”。

笔者认为，一些领导干部应自觉地停止“歪转”“逆转”“胡转”，而应“围着基层转，围着群众转，围着建设工地转，围着经济工作转”。把事业转得轰轰烈烈，把身子转得堂堂正正。转出凝聚力，把你管辖的地方转得经济繁荣、人民富裕、社会稳定、文明健康。如此转法，人民群众才会兴高采烈。

原载《中国市容报》1994年1月23日三版

岂容“老虎”“吃人”

群众把劣质工程喻为“吃人”的“老虎”，此话并不夸张。

最近，建设部一位官员指出，这几年全国工程倒塌事故不断发生，1993年23起，死亡52人；1994年18起，死亡57人；1995年5起，死亡50人。如去年1月，四川德阳棉麻公司七层框架综合楼倒塌，一下子竟压死17人，重伤10人。可见，劣质工程这只“老虎”，“吃人”确实到了令人触目惊心的地步，难道我们还能容忍“老虎”继续“吃人”吗？

劣质工程“吃人”，虽有施工技术方面的原因，但主要原因是管理不到位，导致建设市场混乱，如有的建筑企业为了多捞票子，想方设法偷工减料，甚至使用劣质水泥和钢材；有的“以包代管”或“层层转包”；有的“无证设计，无照施工”；有的质监部门搞“人情质监”，为劣质工程开“绿灯”；还有的执法不严，使劣质工程这只“老虎”逍遥法外，年复一年地“吃人”。

要解决上述问题，办法有三种：一是让法律“抬头”。要切实改变过去那种“法律低头”“权力抬头”“以权代法”“权大于法”的错误做法，确保“法律抬头”“以法治乱”。对已建的劣质工程，要坚决拆除；对在建的劣质工程，要责令其停业；对造成重大伤亡事故的责任者，要依法制裁。二是堵住“源头”。对生产劣质建筑材料的厂家，要严肃查处，实行重罚直至关闭。三是抓好“人头”。各地要下大力抓好建筑企业干部职工的培训，严格执行先培训后上岗和持证上岗的制度。

我想，扎扎实实抓好这三条，劣质工程这一“老虎”“吃人”的现象就可大大减少，乃至彻底消失。

原载《中国市容报》1996年9月22日一版

公车太累了

“公车，太累了！”眼下，不少群众这样议论。

公车，本该“因公而累”，可现在偏偏“因私而累”，婚丧嫁娶、探亲访友、接送子女、下乡垂钓……均由公车代劳，连双休日、节假日也要“东奔西跑”“早出晚归”，忙得喘不过气来，公车确实太累了！这怎么不引起群众的议论呢？

造成公车太累的主要原因不外乎两条：一条是管理失控。有些地方图省事，“分车到人”，把小汽车固定给领导干部使用，公车成了专车、私车，一些领导干部尽情享用，无论什么私事都由公车“尽义务”，使公车一年四季难有清闲之日。二是炫耀身份。某些领导干部把坐小汽车看成身份的象征，特别是有些青年干部，身体棒棒的，既无高血压，也无心脏病，更无关节炎，却不肯骑自行车，更不愿挤公共汽车，动身便要“小车开道”，公车怎么不累呢？

公车的“劳累”，反映出领导干部的作风。现在有些城市的领导主动为公车“减压”，取消上、下班用小车接送的做法；还有的市（县）严格执行派车制度，禁止用公车下乡垂钓等。公车清闲了，开支节省了，干部作风转变了，群众也就高兴了。

原载《中国市容报》1997年8月24日三版

岂能让吹牛者得“牛”

2月28日，《人民日报·华东新闻》发表了《实际亏损廿万，年检虚报盈利——济南一企业吹牛被罚款》的报道。笔者为这则报道叫好，让吹牛者不得“牛”，而且进行惩罚，这种做法，顺乎民意，大得人心！

吹牛，是一种“常见病”，近几年来，不少地方进行“诊治”，但收效甚微，一些人照吹不误，为什么会出现这种情况呢？主要原因是吹牛者得到了“牛”。有的地方，埋头实干的人“无人问津”，善于吹牛的人却格外吃香，只要能为本地、本单位吹出“效益”、吹出“荣誉”、吹出“政绩”，领导便将一条条“牛”送给他们。有的可获得“先进企业”“优秀企业家”“劳动模范”等光荣称号，有的可立功受奖，有的可加薪，有的可入党、升官。有一家企业，年产值明明只有5000多万元，统计数字时却报了1.5亿元，该企业的厂长受到市领导的夸奖，说他“决策有魄力，工作有能力，办事有眼力”，授予他“优秀企业家”“劳动模范”的称号。群众说：“上面喜欢吹，下面主动吹，小吹得‘小牛’，大吹得‘大牛’，不吹不得‘牛’，肥了吹牛的，苦了实干的。”吹牛自然成了难以“诊治”的顽症。

笔者认为，吹牛并非“不治之症”，只要下“猛药”，“治疗”是能奏效的，其办法有三：一是让吹牛者不得“牛”；二是严惩吹牛者，凡是吹牛的，一经查实，就严肃查处，除了经济处罚外，还要给予党纪、政纪处分，性质恶劣的要绳之以法；三是对靠吹牛起家，并包庇、重用吹牛者的领导，要把他们从“牛背”上请下来，让他当一名普通的“牧童”，如此，还愁“吹牛症”得不到“诊治”吗？

原载《中国市容报》2000年3月8日三版

带着感情下基层

某市市委、市政府领导对下乡、下厂干部提出“带着感情下基层”的要求。话虽朴实，却道出了基层干部群众的心声！

近两年来，不少地方组织干部下乡、下厂，但效果并不令人满意。有的干部下去后，不肯放下架子，自恃高明，夸夸其谈，满口官腔，专说大话；有的不关心群众疾苦，光许愿不办事；有的光听“喜”，不听“忧”，压制群众意见；还有的吃喝玩乐……群众戏称他们是“架子干部”“喜鹊干部”“吹牛干部”“享受干部”。某市正是总结了以往干部下基层出现的上述问题，提出“带着感情下基层”的要求，自然受到人们欢迎。

“带着感情下基层”，不是一句原则话，而是要有实实在在的行动。首先，心里要有群众。要放下架子，把自己摆在小学生的位置上，虚心向群众学习、请教，切忌乱做指示，指手画脚。其次要务实。想群众所想，急群众所急，认真下功夫解决群众最需要解决的问题。第三要塑形象。不讲排场，勤俭节约，不仅要管好自己的“嘴”，而且要管住自己的“手”和“腿”，塑造清正廉洁的新形象，给基层群众留下好印象。如此，必将出现干部爱群众，群众爱干部，干群心连心，齐心保稳定的新局面。

原载《中国市容报》1999年7月23日三版

莫要守着"清泉"喊渴

今年以来，一些城市开发的商品房数量似乎多了，出现了暂时积压的现象。有人看到这种表面现象，便对房屋开发未来发展趋势表示担心或失去信心，有的房屋开发商甚至发出"我们快要渴死了"的惊呼。

笔者认为，大众对房地产开发的需求犹如"清泉"，"泉水"的"流量"是大的。目前虽然"断流"或"流速"慢了些，但这是暂时的现象，随着改革开放不断深化和形势不断地变化，是会形成"强流速"的。我们应当看到，房地产开发业是优化土地配置、改善城市布局、调整产业结构、转换城市功能的推动力；是吸引"外资""内资"为城市"造血"的重要渠道；也是盘活国有房地产资产存量，使之不断保值和增值，成为壮大经济实力和改变城市面貌的重要途径。还要看到，我国现在仍有数百万户居民人均住房面积在4平方米以内。据专家预测，在未来5年时间里，我国居民住宅建设将保持年均15%的增长速度。

到2000年，我国需建住宅12亿平方米，还有29亿平方米的旧住宅需要改造。因此，房屋开发尤其是康居住宅、安居住宅工程具有长远发展的战略意义，其发展潜力是巨大的，发展前景也是光明的。各城市的房屋开发商，都应重新审视自我，善于用辩证的眼光看问题，转变思想观念，确立“内因意识”，理清发展思路，就能重新构造房屋开发的新格局。

需要指出的是，在转变观念、理清发展思路上，务必重点突破，切不可胡子眉毛一把抓。笔者认为要着重抓好五个方面：一是实行投资上的变革。要改变过去那种光靠自已筹资开发的老办法，要由“自主型”开发转向“引资型”开发，既要引“内资”，更要引“外资”。今年，上海已引进外资建设廉价住宅，解决了资金不足的燃眉之急。二是实行价格上的变革。价格上变革，不是指涨价，而是少搞或不搞高级别墅。现在，北京已经规劝外商增加投资，多开发普通住宅，不要再开发高档次的住宅。要面向大众，充分考虑广大市民的支付能力，多开发一些廉价住宅，并且实行分期付款，这样的房子一旦受到市民欢迎，将会成为热销房源。三是实行环境上的变革。现在，市民越来越重视住宅周围的环境质量，周围环境一团糟的房源，无人问津。要在无污染、无噪声、环境优美、空气新鲜的地方建设住宅，这样的住宅还愁没人买吗？四是实行房型上的变革。眼下，广大城镇居民的消费观念已逐步趋向成熟，不盲目追求潮流，不过分强调大厅小卧室，而注重厅房比例协调，内部功能齐全，实惠实用。这一点，房屋开发商不可忽视。五是实行配套上的变革。前两年开发的房屋，设施一时配不上套，应重视住宅建设的配套问题。

只要在上述五个方面有新的突破，房屋开发的需求量这眼“清泉”就会源源不断地流淌，并形成新的稳定的“流速”。

原载《中国市容报》1997年1月31日三版

“温暖工程”与“纪念工程”

7月初，我看到两份《简报》，第一份是介绍某市发动城区党政企事业单位的共产党员给一万多名房倒屋塌、无家可归的灾民捐款、捐物，重建家园的情况；第二份是介绍某县发动机关党员和农村党员，每人捐款五至十元兴建革命历史纪念馆的情况。

两地同时受水灾，同时在发动人们捐款。然而，捐款的用处却不一样。一个是搞“温暖工程”，一个是搞“纪念工程”，这提出了一个十分重要的问题——大灾之年，我们的各级领导首先应该想什么？做什么？

眼下，很多受灾地区的市、县领导首先想到的是群众的利益，千方百计搞“温暖工程”，为受灾群众解决柴米油盐、住房、饮水、穿衣、孩子上学、疾病防治等实际生活问题。对此，灾民们深受感动。但如果像第二份《简报》介绍的那个县，发动党员捐款，不是用来救济灾民，而去搞“纪念工程”，这一做法虽有纪念意义，但却冷了群众的心，恐怕群众会怨声载道吧。

我想，像今年这样的灾害年景，各级领导应该想灾民所想，急灾民所急，尽最大努力为灾民搞好“温暖工程”，解决他们生活中的各种困难。至于“纪念工程”，就是在正常年景下，也要根据当地财力，量力而行，何况今年是大灾之年，怎么能兴师动众搞这类工程呢？

原载《中国市容报》1991年8月11日一版，
《光明日报》转载

“献身”与“逃生”

当巨大的洪水咆哮而来的关键时刻，江苏省滨海县通榆镇沿河村54岁的农民王立珊，为保护全村千亩稻田不被洪水淹没，勇堵涵洞光荣献身。广东省某市市委组织部副部长兼市人事局局长黄某，在洪水来临时，携带家眷，登上公家的面包车逃生。人们说，王立珊虽然死了，但在人们心目中他还活着；黄某虽然还活着，但他在人们心目中已经死了。

这种评价何等好啊！一个人能力有大小，但只要有敢于献身的精神，在关键时刻，不怕难，不怕险，不怕死，就可以成为一个高尚的人，一个有道德的人，一个脱离了低级趣味的人，一个有益于人民的人，比如农民王立珊。而黄某，作为一名党员干部，在关键时刻，置人民的生命财产于不顾，携眷逃生，道德沦丧，有多少人在指他的脊梁骨啊！如黄某之流，虽然当上了这个“长”那个“长”，但他们的思想水平、道德水平不见“长”，灵魂深处太肮脏，在关键时刻的表现，还不如一个普通老百姓。

“献身”和“逃生”，反映了两种不同的人生观、道德观、价值观。为党和人民的利益敢于献身者，光荣伟大；为个人利益逃生者，渺小可耻！

原载《中国市容报》1998年8月19日三版

“济贫”莫“挤贫”

眼下，不少地方的领导十分重视贫困地区的“济贫”工作。有的发动机关干部捐款、捐物，帮助贫困村庄的失学少年重返学校；有的增加拨款数额，用于改善贫困地区的交通、供电、通信等条件；还有的选派科技干部到贫困村庄蹲点，指导农民科学种田，大力发展多种经营，增加经济收入。这些“济贫”的做法，受到贫困地区群众的欢迎。

但是，有些地方的少数人，不是满腔热情地“济贫”，而是挖空心思地“挤贫”。某地区报社有一个记者到一贫困村去采访，硬要村干部登广告，村干部面带难色地说：“我村是县民政局的‘济贫’对象，哪里有钱登广告啊！再说村里没办工厂，实在没啥内容可登。”这个记者“灵机一动”地说：“你们不是贫困村吗？把你们贫困的程度写写登出来，以增加‘贫困的知名度’，呼吁社会各界都来扶持你们，这不是很好的广告内容吗？再说给你们登广告收费优惠。”记者步步紧逼，村干部无奈，只好用县民政局刚刚拨给的2500元扶贫款登了一条广告。

我为这个记者的做法感到气愤。作为新闻记者，应该关心群众的疾苦，及时、准确地反映群众的愿望、呼声和要求，无偿为他们提供科技信息，搞好脱贫致富的宣传报道，而这个记者放着这些工作不做，为了拉广告，拿回扣，硬是在患了“贫血症”的农民身上“挤血”，这实在有悖新闻工作者的职业道德。

这种“挤贫”的做法，不少地方都有。如一些地方举办名目繁多的“节”“会”等活动，也都跑到贫困地区去拉赞助或搞摊派，农民对此很不满意。这些侵犯农民利益的事再也不能继续下去了！各级领导和我们的机关工作人员，要时刻把群众的利益记在心头，一定要像邓小平同志要求的那样，把“人民拥护不拥护”“人民赞成不赞成”“人民高兴不高兴”“人民答应不答应”，作为各项工作的出发点和归宿，真正做到“济贫”不“挤贫”，全心全意地为贫困地区的农民服务。

原载《中国市容报》1994年8月21日三版

发挥“反面典型”的效应

据4月3日《检察日报》报道，河南省正阳县在开展廉政教育中，让四名监狱服刑人员上台给全县150名科级以上党政领导干部讲自己成长的经历、犯罪的过程以及犯罪后给父母、妻子、儿女带来的耻辱和痛苦。他们在演讲时，一个个涕泪交流，泣不成声。台下听讲的干部凝神静听，有的听到动情处禁不住流下了眼泪。他们说，台上演讲的罪犯就有自己以前的领导、同事，身边人说身边事，触动大，感受深，对自己心灵的震撼强烈，比办多少次学习班、比听多少次领导讲话都管用。

正阳县敢于发挥“反面典型”的效应，这种做法令人高兴！它至少可以给我们如下启示：只要有创新的勇气和意识，我们的事业就有希望。如廉政教育，这几年一直都在搞，但是不少地方还是习惯于老一套教育办法，不是请领导做报告、提要求，就是学文件、念报纸。这样的教育，究竟能起多大作用呢？正阳县领导大胆让服刑的罪犯现身说法，警示全县党政领导干部，让大家受到一次活生生的教育，产生的效应不是很好吗？

推而广之，用新眼光看待新事物，用新办法解决新问题，办事才能有好的效果。

原载《中国市容报》1999年4月23日三版

是“阿斗”就别扶

阿斗，就是蜀主刘备的儿子刘禅。此人怯懦无能，虽有诸葛亮辅佐，最终也未能守住刘备开创的基业。后人便把那些不争气的无能之辈称为“扶不起的‘阿斗’”。

在当今改革中，“阿斗”式的人物也是有的。尽管有上级领导的大力支持，但他不但开创不了新局面，反而把别人开创的事业也葬送了。

朋友来信告诉我，他们市建委有一名局级党员干部，两年内调动了四个单位，哪个单位的工作也没有搞好。去年初，上级部门又调他到一个企业任经理，并从各方面予以支持。他，“上任前，发誓表态有魄力；上任后，真干实事无能力”。半年时间，把一个好端端的企业，搞得乱糟糟，产品质量下降，用户纷纷退货，工资发不出，奖金不兑现，职工怨声载道。上级才下决心免去他的职务。人们兴奋地说：“扶不起的‘阿斗’，就别扶，这样做好！”

改革开放，是前无古人的壮举，我们不能要求改革者尽善尽美。但对那些被实践证明确无本事、常打败仗的“常败将军”，就别再让他们“挂帅出征”“坐镇一方”，而应果断地把他们请下来干些力所能及的事。

原载《中国市容报》1993年1月22日三版

“炫耀”庆典不可取

眼下，随着基本建设项目的增多，一些地方豪华气派、场面壮观的“炫耀”庆典活动亦盛行起来。

商厦开工、体育馆竣工、大桥通车、机场通航、影剧院落成……都要热烈庆贺。某县有个镇，造了一座水泥桥，竟发出80多封请帖，引来宾客盈门。领导讲话，来宾祝贺，鼓乐队、礼仪小姐、鲜花、气球、鞭炮一应俱全，热闹非凡，颇有声势，来宾酒足饭饱后还有纪念品，一次活动竟花掉人民币数万元。

这种“炫耀”庆典活动，不但浪费人力、财力、精力，而且助长了讲排场、摆阔气的坏作风，这种奢侈行为应当革除。

最近，常州市在这方面带了个好头。该市投资三个亿的外环路建设工程开工，市政府把庆贺开工活动改为开工动员会，不搭主席台，不请鼓乐队，不献花，不宴请，不发纪念品。副市长即席讲话做动员，市长宣布开工，施工机械立即开进工地，市长和建设职工一起参加劳动，整个动员会只用了40多分钟，省钱、省时、省力，受到市民称赞。

常州是我国经济发达地区，人民生活比较富裕。但他们没有忘记艰苦奋斗的精神，不讲排场，不摆阔气，勤俭节约，从简办事，这种简朴务实的作风值得称道！

我想，那些热衷于搞“炫耀”庆典而经济条件一般甚至很贫困的地区，对照常州市的做法，难道还能心安理得地“炫耀”下去吗?!

原载《中国市容报》1993年6月23日一版

谈“绿”的资格

眼下，很多城市的领导都在谈“绿”。谈绿化、美化，谈园林城市，等等。出现谈“绿”的浓厚氛围，确实令人高兴。

在高兴之余，我想到这样一个问题：谈“绿”的资格。一个城市，绿化搞得很漂亮，市民的生活和工作环境质量都很高，那里的领导人就有谈“绿”的资格。如果一个城市，绿化搞得一般或很差，抬头是楼房，低头是马路，难见树木和花草，恐怕就不具备谈“绿”的资格。近几年来，有不少城市取得了谈“绿”的资格，如上海、深圳、威海、珠海、大连、青岛等城市。

走进新开通的上海南京路步行街，绿树、花坛、绿地映入眼帘。在浦东新区陆家嘴东方明珠塔东北面，有一块10万平方米的绿地，为建造这块绿地，政府竟动用了8亿元巨资，迁走了3600多户居民和7家工厂。上海金陵东路，路不宽，沿街建筑都是法式骑楼，无法栽树。为了给这条街添绿，他们开动脑筋，利用廊柱间的空隙砌花坛，种上绿色的花草、灌木，使这条一直无绿的街道成了上海有名的绿化特色街。

深圳市亦是有资格谈“绿”的先进典型。该市1980年绿化覆盖率仅10%，人均公共绿地面积只有2.5平方米；到1998年，绿化覆盖率高达44%，人均公共绿地面积达到了35.8平方米，成为高标准的园林城市。今年3月，美国微软总裁兼首席执行官比尔·盖茨在深圳短暂停留时，对市委书记张高丽说："深圳很漂亮，比美国很多城市还好。"

山东威海市更是有资格谈"绿"。早在1996年，该市就被建设部命名为"国家园林城市"，并被联合国第二次人类居住大会认定为"改善人居环境全球最佳范例"城市。该市大力推行"见缝造绿，找缝造绿"的做法，使城市绿化覆盖率达37%，形成"城在海中，海在林中，林在楼中，人在绿中"的绿化、美化格局。

记者考察这些城市的绿化后，深感它们共同的经验有两条：一是确立了"以人为本"的思想，把绿化当作造福人民的大事来抓；二是把城市绿化、美化纳入全市社会经济发展的总体规划，并认真付诸行动，建设高水平、高质量的城市环境。这是这些城市有资格谈"绿"的根本原因。

令人遗憾的是，现在有些城市绿化、美化搞得不像样子，可那里的领导人却在大会、小会上谈"绿"，但就是不付诸行动。有的城市至今没有把绿化纳入城市的总体规划，一说城市建设，就是建房、盖楼，根本不考虑城市绿化；还有的城市发展经济不惜破坏生态环境，导致一系列"城市病"的发生，热岛效应，雨岛效应，混浊岛效应，干岛、湿岛效应等，严重影响着人们的生活，这些市的领导怎么有资格谈"绿"呢？

要取得谈"绿"的资格，就要像上海、深圳、威海、大连、珠海等城市那样，真正把绿化当作造福市民的大事来抓，认认真真、扎扎实实地抓，抓出水平来，抓出质量来，抓出品位来，让城市融入绿色之中，达到人与自然的和谐。唯有如此，才有谈“绿”的资格。

原载《中国市容报》2000年3月3日一版

如此“到位”是“倒胃”

某市一个领导在宣传工作会议上强调，报社、电视台等新闻媒体要围着领导转，无论是市领导参加的活动，还是市领导正在想的事和正在干的事都是新闻，要好好组织报道，领导满意了，宣传工作才算“到位”。

这个市领导的“指示”，值得商榷。宣传工作怎样才算“到位”？依笔者愚见，衡量宣传工作是否“到位”的标准只有一条，就是党和人民群众满意不满意。除此外，恐怕没有什么别的标准。可有些地方的领导人，却把自己满意不满意作为衡量宣传工作是否“到位”的标准。他们同基层单位抢版面，同一线职工抢镜头，报纸上天天有自己的“指示”，电视新闻里天天有自己的“形象”，广播里天天有自己的“声音”。群众说，领导天天出现在新闻媒体上，虽然有了“知名度”，却缺少“知民度”；虽然有“好形象”，却难以让人产生“好印象”。如此宣传虽然“到位”，群众看了却“倒胃”。因为人民群众亟想知道关于改革开放的最新信息，但在新闻媒体上天天看到的却是当地领导人活动的“老镜头”“老面孔”，听到的是领导的“老语言”“老腔调”和没有事实、没有结果的“政绩新闻”，久而久之，能不倒胃口吗?

原载《中国市容报》2000年9月20日三版

“能者多劳”与“能者多捞”

在现实生活中，有大批“多劳”的“能者”，也有少数“多捞”的“能者”。

江苏省江阴市华西村党委书记、全国劳动模范吴仁宝便是“能者多劳”的杰出代表。40年来，他不怕累，不怕苦，不怕难，不怕险，带领村民艰苦创业，把一个仅0.96平方公里的江南小村，变成了文明富裕的社会主义新农村，让全中国、全世界为之瞩目！

海南省某厅原厅长姜某是“能者多捞”的反面典型。他在任厅长期间，以权谋私，收受各种贿赂人民币12.3万元，美元1000元；还擅自以厅的名义为他人担保贷款人民币4365万元，美元200万元，港币4000万元；利用职权插手基建工程，使有关公司损失达800万元之巨。结果，这个厅长被法院判了无期徒刑。

一个是“能者多劳”，一个是“能者多捞”。两种做法，两种结果。前者，被群众拥护，受人尊敬，成为大家学习的模范；后者，“触金生情”，迷恋金钱，不得人心，留下骂名，成为人民的罪人。

每个共产党员，都应该像吴仁宝那样，牢记党的宗旨，发扬无私奉献的精神，争当“多劳”者，带领群众用自己勤劳的双手，去创造美好的未来；而不应该像姜某之流，抛弃党的宗旨，热衷于当“多捞”者，到处伸手捞票子，最后葬送自己。

原载《中国市容报》1995年7月16日三版

切莫光“挂帅”不“出征”

前不久，本人参加某市整顿市容卫生的动员大会，主持会议者满面春风地说：“告诉大家一个好消息，市政府领导对这项工作十分重视，某市长亲自‘挂帅’，兼任整顿市容办公室主任。”事后，我了解到这位市长根本没有从事抓市容整顿的具体工作，仅仅挂个名而已。

近来，有些地方和单位开展某项中心工作，总有不少领导干部兼任负责人，然而，工作并无新起色。是领导无能力，还是困难重重？追其原因，才知道这和某些领导光“挂帅”不“出征”有关。他们习惯于挂个名，脚印留在办公室，汗水洒在主席台。群众说他们：“发誓表态有魄力，会上布阵有精力，遥控指挥有耐力，扯皮踢球有能力。”如此工作作风，怎能有好效果呢？

既“挂帅”又“出征”，是每位领导干部应有的作风。担任领导职务的同志，都应该认真想想，自己是否也有只“挂帅”不“出征”的作风？“出征”后，是善始善终、扎扎实实地干，还是纸上谈兵摆摆样子？反省一下，很有益处。

笔者认为，既然“挂了帅”，总要“出征”务实才好。如光挂个名，不做实际工作，岂不是只图虚名搞形式主义吗？

说到这里，我不由得想起了谢觉哉同志担任最高人民法院院长时，有的同志担心他的健康，劝他少外出，法院工作挂个名就行了。可谢老却说：“在我们这样的国家里，是不能靠‘名’吃饭的，而是要务实。”因此，奉劝那些至今光想“挂帅”而不愿“出征”务实的同志，对照谢老的这种精神反思自己！

原载《中国市容报》1987年7月5日二版

“民心工程”的启示

近日,《新华日报》在头版显著位置报道了泰州、无锡两个城市的领导抓好“菜篮子工程”“安居工程”“送温暖工程”的消息,广大市民读后无不叫好!

去年,泰州市新增菜地6000亩,建立了副食品基地,无论淡季、旺季,该市的蔬菜都能满足市民的多种需求,而且价格低于周围的大中城市;市里拨款新建2万平方米经济实用住房,为272户群众解决了住房困难的问题,还为382名优抚对象和城市孤老每月增发20元生活补助费。

无锡市政府领导要求各级把“菜篮子工程”当作“金牌产业”来抓。去年,该市政府用于开发新菜地和市场建设的资金达到5000万元。

泰州、无锡两市如此精心抓好与市民生活息息相关的“民心工程”,至少可以给我们三点启示。

启示之一:作为一个城市的领导,应该牢牢树立群众观念,把群众最关心的事放在心上,切实抓紧、抓实、抓出成效来。“菜篮子工程”“安居工程”“送温暖工程”,绝不是小事,而是安定民心的大事,是稳定政治、经济、社会的大事,如果不下功夫抓好这些事,那势必脱离群众,失去民心!

启示之二：领导的威信来自为群众办实事。泰州、无锡两市领导在市民中有较高的威信，就是因为他们肯为老百姓办实事。现在，有些领导在群众心目中威信不高，其中一个重要原因，就是不怎么关心群众疾苦，不重视给群众办实事。威信，喊不出来，吹不出来，只能靠一心一意为老百姓办实事树起来。

启示之三：领导要主动创造条件办实事。有的领导说，抓"民心工程"好是好，没有条件办不了。当然，办"民心工程"，要有一定的条件，但仅仅以"条件不具备"作为借口，而将"民心工程"漠然置之，群众会理解和答应吗？

原载《中国市容报》1994年5月15日一版

面对“岁月不饶人”

随着时间的流逝，我们的干部队伍中，将有一大批同志步入退休年龄。面对“岁月不饶人”这道试题，即将退休的同志该交出怎样的答卷？这无疑是对这些同志的严峻考验。

解这道“试题”，有不少同志虽然人近“黄昏”，但头脑清醒，他们严于律己，勤政、廉政，站好最后一班岗，交出了让人敬慕的答卷。但也有些同志“人近黄昏脑亦昏”，不顾党纪国法瞎胡混，贪污受贿，吃喝嫖赌，交的是一份耻辱的答卷。

据报道，1995年，上海市查处了处级以上干部的要案169件，其中三分之二的案件是58岁上下的干部所犯，这个比例令人触目惊心！这些人过去积极肯干，有的被评为劳动模范、优秀党员；有的贡献突出，享受国家的特殊津贴。为什么他们会由事业上的“忙人”、政治上的“红人”而蜕化变质呢？原因有两条：一是缺乏有效的监督机制。领导者的权力失去监督，必然产生腐败。二是放松了世界观的改造。不自尊自重，经不起改革开放的考验。“岁月不饶人”，面临退休的老同志请自尊自重。

原载《中国市容报》1997年5月4日三版

莫忘自己是一滴水、一撮土

我的一位朋友荣获市“优秀党员干部”称号，他在市委召开的党的建设大会上深有体会地说：“群众是大海，我是其中一滴水；群众是大地，我是其中一撮土。离开了群众，我一事无成。”他的话音刚落，全场响起了掌声！

然而，有些领导干部，遇到困难就找群众相助，取得成绩、荣誉、地位后，便认为自己是“大海”“大地”，而视群众为“一滴水”“一撮土”。他们高高在上，处处看不起群众，既不勤政，也不廉政，群众批评他们：“下基层车轮动，汇报时带‘书童’（秘书），用餐时有陪同，讲话时要话筒，表态时蛮生动，学繁森无行动。”对群众的批评，这些同志难道不该深思一番吗？

作为一名领导干部，应该向孔繁森同志学习，向受中共中央组织部表彰的优秀县（市）委书记学习，眼里有群众，心里想群众，取得成绩、荣誉不忘群众，深入实际密切联系群众，永远牢记群众是大海、是大地，自己则是大海中的一滴水、大地中的一撮土，这个关系任何时候都不能颠倒！

原载《中国市容报》1995年8月6日三版

建设功臣剪彩好!

近日读了五位建设功臣为上海杨浦大桥正式通车剪彩的消息，笔者不禁为之叫好。

好就好在打破了由领导同志剪彩的常规。上海市请建设职工从幕后走到幕前，把最激动人心的剪彩镜头让给建设功臣，真正把工人当作主人翁。上海市领导眼里有工人，心里装着工人，工作遇到困难依靠工人，取得成绩归于工人，有了荣誉让给工人，这种做法值得称道!

好就好在尊重知识，尊重人才。杨浦大桥是世界第一斜拉桥，整个工程仅用时两年零五个月，创造了世界特大桥梁建设的一流速度、一流质量、一流水平。从规划、设计到施工，工程技术人员不知花费了多少心血，他们埋头苦干、巧干，把自己的知识、技术变成“当惊世界殊”的伟大成果，这是上海人的光荣，是全中国人民的光荣。这光荣来自知识、来自人才。上海市的领导惜才、重才、爱才，让建设功臣剪彩、亮相，不就是很好的说明吗?

原载《中国市容报》1993年10月31日一版

说“一个媳妇九个婆”

《中华人民共和国全民所有制工业企业法》于今年4月颁布后，厂长、经理们非常高兴，然而几个月的实践，又使他们感到失望。一些厂长感叹地说：“如今，仍然是‘一个媳妇九个婆’。厂长难当，企业难办啊！”

厂长们的这种呼声，不是没有道理。某市有家生产红砖的建筑材料厂，经营承包已九个月，但厂里竟无产品销售权。四个月前，厂里向主管部门打了请求自主经营的报告，而主管部门却说这个权不能放。还有一个环保设备厂的厂长诉苦说：“我这个厂长有名无实。企业的经营决策、生产指挥、人事安排和分配、奖惩等方面的事，都要分头请示有关方面批准才能行动，自己无权决定，照这样下去，厂长怎么当呢？”

现在，既然有了相关法律法规，就要按法办事，真正改变“一个媳妇九个婆”的状况，实行政企分开，让厂长有职有权，像企业如何经营、如何发展，企业财产如何转移，包括相互投资、相互持股、相互转让以及企业的人事决定、分配、奖惩等，都应当由企业依法自主决定。一些不明智的“婆婆”硬要插手怎么办？企业的厂长、经理要理直气壮地抵制，以维护法律的权威。

原载《中国市容报》1988年10月23日三版

不可冷落旧城区

近几年来，笔者发现不少中小城市“城内城外两重天”：城内街道狭窄，房屋破旧不堪；而城外却“别有洞天”，新村、新楼、新区纷纷崛起。

出现这种情况，跟我们一些同志的指导思想有关。有的同志认为，改造旧城，投资大，困难多，不如建新区省事。因此，一些城市对旧城改造不屑一顾，而对新区开发则倍感兴趣，集中精力、财力、物力大搞新区开发，而旧城改造被“挂”了起来。这种做法有失偏颇。放弃旧城改造，一味追求开发新区，极易造成耕地的浪费。据有关部门的统计表明，我国耕地每年减少1500万亩，这是一个多么惊人的数字！特别从去年以来，不少地方擅自成立了很多开发区，占用了大量的耕地，使农村丧失了大量产粮田。因此，盲目开发新区，扩大城市规模，既不利于农业生产的健康发展，又使旧城区得不到改造，有碍观瞻，影响城市形象。

其实，旧城区一般都是城市的中心地区，人口集中，各种基础设施配套较好，是发展商业的黄金地段，也是城市居民开展各种文化娱乐活动的理想场所，居民居住的安全系数也比城外高得多。而且旧城区一般地势较高，可以免受洪涝灾害之苦。从这些方面讲，旧城区是有很多优势的。

旧城区改造比起新区开发，困难确实要多些，但只要认真搞好规划，制定合理的政策，并以法律手段保证旧城区改造规划的实施，诸多困难便可迎刃而解。这样，既可控制无限乱占耕地，又可发挥黄金地段的综合效益，此等利国利民的好事，我们何不尽力而为之呢？

原载《中国市容报》1993年10月27日一版

“硬功”与“软功”

有人把经济上的奖惩视为办企业的“硬功”，而把思想政治工作看作“软功”。这种看法有失偏颇。

要办好企业，除了必要的奖惩制度外，更重要的是应充分发挥思想政治工作的威力。企业的活力源于人的活力，人的活力源于献身事业的拼搏精神。如果单纯靠重罚加强企业的管理，虽然使被罚者心疼了，但容易损害人的自尊心。一个人心情不舒畅，怎能发挥积极性呢？如果单纯靠发奖金调动人们的积极性，又容易使某些人产生“给多少钱，干多少活”的雇佣思想，这怎能同心同德地搞好企业呢？

企业的领导干部，应该学会用多种形式、多种方法，启迪人们的思想，引导人们自觉地为企业的兴旺、国家的富强、人民的幸福而奋斗。这项工作，才是真正的“硬功”。

原载《河北日报》1985年10月11日一版

一叶障目戒

有些同志对端正党风失去信心，说什么：“看红头文件满怀信心，听广播宣传振奋人心，对照现实生活让人寒心。”这种认识，大为偏颇。一事当先，看支流多，看主流少；看局部多，看全局少。明明是春光明媚，百花争艳，他却偏偏只看见几片随风飘落的叶子，而把美好的景象说得一无是处。

我们的党之所以伟大，在人民群众中享有崇高的威望，不正是坚持不断地同党内外腐败现象做斗争而赢得的吗？因此，不能因为党内出现少数腐败分子，就断定我们的党风不能好起来了。其实，我们的党风正在逐步好转。前几年，在招工、升学、“农转非”、分房、调资、发放奖金上，以权谋私的事时有发生。中共中央决心大，措施有力，抓了一批典型案例，大张旗鼓进行处理，伸张了正义，打击了邪气，党风大有好转。

虽然目前党内还存在一些不尽如人意的现象，但毕竟是支流。如果只看支流，不看主流，岂不是“一叶障目，不见泰山”？我们应该学会全面客观地分析问题，只有这样，才能对形势做出正确的评判，从而坚定信心，振奋精神，做出贡献。

原载《廊坊日报》1986年1月3日三版，

《河北日报》转载

“为知识分子送暖”别议

有的同志认为，给知识分子“送暖”，无非是吸收入党，安排职务进班子，增工资，分房子，结对子（解决夫妻分居两地）的问题。不错，做好这几方面的工作，都是“送暖”。现在不少地方和单位这样做了，自然令人高兴。

在高兴之余，我不禁想起哈尔滨工业大学党委给知识分子送的另一种“温暖”。他们在积极选拔有管理才能的中青年知识分子担任领导干部的同时，对十八名不擅长做行政管理工作的正副教授，免去了他们的行政领导职务，让他们回到各自的教研室带研究生，著书立说，从事科研活动。这些知识分子摆脱了不会做行政领导工作的苦恼，为自己能专才专用而高兴。

提拔成千上万的优秀知识分子进入各级领导班子，这是中共中央的英明决策，必须坚定不移地贯彻执行。但是让不善于做行政领导工作，业务上又很有研究的知识分子担任行政领导职务，结果，“行政、业务两耽误”，知识分子本人苦恼，群众也有意见。

原载《廊坊日报》1984年5月3日一版

但愿“叫唤的猫捉老鼠”

“端正党风嘛，我们一定带头！大案、要案坚决查处！机关作风要从严整顿！职工的实际困难我们千方百计解决！”某单位领导班子成员在职工大会上轮番这样表态。会后，职工们纷纷议论：“叫唤的猫多，捉老鼠的猫少。”细细品味，此话形象、生动，颇有道理。

有的单位，以权谋私的歪风至今刹不住，严重经济犯罪案件不查处，机关纪律涣散不整顿，群众的困难无人问，大吃大喝之风有增无减。而那里的领导喊着“坚决”“一定”“从严”等鼓舞人心的词儿，“日里喊到夜里，菩萨还在庙里”。啥问题也解决不了，群众能高兴吗？

一个领导干部，不给群众办实事，热衷于说空话、喊口号，无论如何也说不过去。久而久之，还有谁信你呢？但愿“叫唤的猫捉老鼠”，这是群众形象而风趣的一种说法，某些光喊口号、不干实事的领导同志，难道不该深思吗？

原载《廊坊日报》1986年10月2日三版

赞“不吃喂到嘴边的肉”

“喂到嘴边的肉”，是指某些单位发的“小红包”“好处费”“操心费”“酬谢金”，等等。对这些“肉”，不“吃”是高尚的，“吃”了是不光彩的。然而，有人“吃”起来却心安理得，津津有味。他们说：“喂到嘴边的肉不吃，谁那么傻？”这种说法，有失偏颇。山西有个名叫任清玺的年轻人，帮助一个炼焦专业户销售焦炭一万余吨，那个专业户拿出几万元钱酬谢他，他分文不取。他说：“人比钱更亲！”东北某厂高薪聘请大厂回族自治县陈府乡电器设备厂厂长陈雅荣带着技术成果去厂工作，陈雅荣却说：“为了乡亲，为了事业，我不能只图自己发财。”她谢绝了对方的聘请。这样的典型，到处都有。

这些同志“不吃喂到嘴边的肉”的思想品德，是值得学习的。如果说他（她）们傻，他（她）们倒是傻得可爱、可敬。端正党风和社会风气，需要千千万万这样的“傻人”。某些至今见“喂到嘴边的肉”就“吃”的人，难道不应从这些“傻人”的事迹中受到启发吗？

原载《廊坊日报》1985年10月12日一版

"鸡蛋里挑骨头"析

有的领导干部总认为自己"一贯正确"，工作无须别人"评头论足"。因此，他们对上级的批评有怨气，对同级的批评不服气，对下级的批评发脾气。总之，只许别人颂扬，不许别人批评。谁若说个不是，就说人家是"鸡蛋里挑骨头"。这种做法是不对的。

一个人的认识总是有限的，说话办事，不可能"句句是真理""事事都正确"。这个问题认识正确，那个问题认识就不一定正确；这件事办得对，不见得件件事都办得对；在这方面不糊涂，在那方面可能就糊涂。谁敢保证自己一辈子不说一句错话、不办一件错事呢？"一贯正确"不犯错误的人是没有的。

一个好的领导干部，要经常想到自己的弱点、错误，应该有点精神，有点风格，欢迎群众挑毛病，不要动不动就说人家"鸡蛋里挑骨头"。

原载《廊坊日报》1984年9月18日一版

要实事求是地看待先进

怎样对待先进典型？有人时而将其说成一条“龙”，时而又说成一条“虫”。

您看，一旦某单位在某个方面做出成绩，成了某个行业的先进典型，就会被某些人视为“龙”，大加神化，任意夸张、吹捧，什么“独一无二的创新”“最宝贵的经验”“最具体、最生动的马列主义教材”“是各行各业学习的榜样”，等等，简直成了至高无上、完美无缺的“典范”。于是上级领导或部门下通知，发号召，要求各行各业都来学习先进典型宝贵的经验。接着，参观、取经的，蜂拥而至，弄得典型单位的领导和群众难以招架。而一旦该先进典型在工作中出了点问题，有人便横加指责，把人家视为一条“虫”，说得一无是处，一钱不值，把先进单位的干部、群众搞得灰溜溜的。

这种时而“龙”、时而“虫”的看法，都不是实事求是的态度，它有害于党的工作。一个单位在某项工作中取得优异成绩，成了先进典型，并不能说明它各方面的工作都先进，大家不要盲目夸大，说得神乎其神。相反，当先进典型在工作中出现某些问题时，大家也莫大惊小怪。俗话说：“急水也有回头浪，好马也有失蹄时。”工作中哪有“常胜将军”，谁敢保证自己

“一贯正确”？出现一点问题是难免的。

实事求是地宣传先进典型，满腔热情地帮助先进典型，这才是正确对待先进典型的态度。

原载《廊坊日报》1985年7月31日三版

首先要振兴自己

听有位领导同志讲:“要振兴中华,首先要振兴自己。”我认为这话讲得好,既充满着激情和理想,又包含着深刻的哲理。在振兴中华、献身“四化”的伟大事业中,每个同志都要认真问问自己:“如何首先振兴自己?”

笔者认为,“首先振兴自己”,其一,要有一个好的精神状态,要敢于创新。现在,有的同志精神状态仍不大好,面对当前改革的新形势,忧心忡忡,怕这怕那,存有“守旧保险,创新危险”的思想,习惯“慢慢腾腾,四平八稳”,既没有干“四化”的紧迫感,又没有开创新局面的勇气,这怎能振兴中华呢?!一切有志之士,应发扬勇往直前的精神,深入调查研究,开动脑筋,敢于解决新问题,努力开创新局面。

“首先振兴自己”,其二,要加强学习,掌握干“四化”的真本领,这是振兴自己的根本。要成为社会主义的改革者和带头人,必须加强学习,掌握自然科学知识和社会科学知识。无论从事哪项工作,都要懂得本职工作的专业知识。特别是处于指挥和组织管理领导岗位的干部,身负重任,更要掌握丰富的专业知识。如果不发奋学习,缺乏知识,纵有报国之心,也难酬报国之志。因此,学习干“四化”所必备的专业知识,是摆在新老干部面前的新课题。工农出身的干部要刻苦学习，尽快用知识武装自己。各类院校毕业的中青年干部和专业技术人员，也不能满足于现有的知识，也要认真学习，搞好“知识更新”。

原载《廊坊日报》1983年10月19日三版

话说“螺丝钉”贬值

一部机器，缺少了螺丝钉，就不能正常运转。这个道理，恐怕是无人不晓。而“愿做革命螺丝钉”这个口号，前些年喊得何等响亮！因为，那时当“螺丝钉”是爱国家、爱集体的高尚品格的生动体现，光荣得很！谁不争当呢？

遗憾的是，现在，“螺丝钉”在一些人的心目中贬值了。一个当年口口声声“愿做革命螺丝钉”的同志，竟这样教育他上中学的女儿：“你不好好学习，考不上大学，弄好了当个理发员、售货员、服务员，弄不好只能扫马路、淘厕所。当这些‘小螺丝钉’你不觉得丢人吗？”这种贬低“螺丝钉”的人，恐怕不是个别的。

“螺丝钉”贬值的主要原因是一些同志的“兴趣”转移了。过去不为名、不争利，“愿做革命螺丝钉”；现在感兴趣的是名利、地位，觉得再做“螺丝钉”就不那么光彩了。不但自己不愿做，还教育子女不要做。岂不知，任何一架大机器都缺不得螺丝钉，我国的“四化”建设、宏伟的改革事业何尝不需要千千万万的“螺丝钉”呢？没了它，一切都将归于失败。这样想来，“螺丝钉”还有何不光彩的呢？

在我们国家里，革命工作只有分工的不同，而不存在高低贵贱之分。一个立志献身“四化”、为共产主义事业奋斗的人，应该高高兴兴地做一颗“螺丝钉”，党和人民把你拧在哪里，你就在哪里闪光！

原载《廊坊日报》1986年5月6日三版，
《河北日报》转载

“高攀”群众

朱伯儒同志讲过一句话，关于“高攀”群众。有一次，一名多年受朱伯儒照顾的孤寡老人流着眼泪问他：“人家是巴结有权有势的人，你却巴结我一个孤寡老汉，我有啥值得你‘高攀’的？”朱伯儒诚恳地回答说：“老人家，你说共产党员不‘高攀’群众，‘高攀’谁呢？”这句话讲得既实在又深刻，体现了一名共产党员与群众心心相印的感情和崇高的思想品德，使人们看到了共产党员的真正形象。

群众观点是我党的一个根本观点，党离开群众将一事无成，这个道理众所周知。然而，至今有的同志眼里根本没有群众，他们不是“高攀”群众，而是不关心群众，甚至欺压群众。不是想群众所想，急群众所急，为群众解决实际困难；而是想自己所想，急自己所急，尽为自己谋私利，这样的党员干部哪里还有一点群众观点呢？

每个党员，特别是担任领导工作的党员干部，都要以朱伯儒同志为榜样，认真检查对照，看看自己有没有“高攀”群众的思想和行动，到群众家里去过几次，听取过他们几条意见和建议？对群众的困难，是想方设法解决，还是听而不闻，无动于衷？是以权谋私，还是廉洁奉公？是当群众的公仆，还是当群众的主人？同群众的关系，是水乳交融，还是淡如清水？在这些方面想想，是大有益处的。

愿越来越多的同志都像朱伯儒同志那样“高攀”群众，把“为人民服务”的口号真正落实在行动上！

原载《廊坊日报》1984年1月20日三版

制度虽好“寿命短”

某单位领导在全体职工大会上宣布新规定：“不准在上班时间办私事，不准迟到早退。”制度公布的当天下午和第二天上午，机关院内一派喜人景象，人们按时上班、下班，往日那种出出进进办私事的现象不见了。不料，好景不长，第二天下午，有职工发现，机关的头头脑脑都集中在办公室，忙着分鱼、分苹果哩！第三天，故态复萌，上班铃响过半小时后，才见领导姗姗而来。群众说：“这个不准，那个不准，订的制度倒是蛮好，可惜它们的寿命太短了！”

好制度不能落实，某些领导总埋怨群众不听话，把制度破坏了。这种说法有失偏颇。破坏制度，不听话的人是有的，但毕竟是少数。真正不听话的，敢于破坏制度的，还是那些戴“乌纱帽”的人。好制度，“寿命短”，这是主要原因。

现在，各种好制度确实不少，但能善始善终贯彻落实的又有多少呢？中共中央规定不准用公款大吃大喝、游山玩水，有人照样用公款吃喝玩乐；不准突击提干，有人偏偏让自己的亲信“青云直上”；不准以权谋私，有人照样心安理得地把各种“方便”“实惠”都留给自己；不准打击报复，有人仍在制造各种“小鞋”，暗算别人。破坏这些制度的有几个普通百姓？还不都是那些有权有势的人吗？

看来，要想使各项规章制度生命力旺盛，非领导干部带头执行不可！

原载《廊坊日报》1986年12月9日三版

析“忙到点灯”

“两眼一睁，忙到点灯。”某些同志常用这句话来说明自己的工作成绩。

依我看，“忙到点灯”是表面现象，忙的效果如何，才是事情的本质。

有的同志忙于抓改革，深入实际调查研究，了解新情况，解决新问题，总结新经验，创造新理论；还有的同志忙于探讨新时期工作的新路子，使自己负责的地方和单位生机勃勃，面貌一新。如此“忙到点灯”应该赞扬！

有的领导同志，整天糊糊涂涂地忙，不想全局，不抓大事，工作既无长计划，又无短安排，一切心中无数，碰到什么抓什么，“水来土掩，兵来将挡”，“头痛治头，脚痛治脚”，结果，累没少受，乱子不少出；还有的同志忙于开会、参观，忙于你来他去礼节性的应酬，忙于批条子、购物资……一个领导干部，常常这样“忙到点灯”，怎不令人担心？！

领导者，应想全局，抓大事。如果事无巨细，胡子眉毛一把抓，必然颠倒主次，疏忽了领导职责！

原载《廊坊日报》1984年11月6日一版

当心内行变外行

现在，不少德才兼备的科技人员和专业工作者走上了各级领导岗位，使人非常高兴。但高兴之余，人们也有一点忧虑：有的科技人员和专业工作者被提拔做领导工作后，放松了对专业工作的领导，不是参加生产、领导生产，而是整天忙一些杂七杂八的事情，科技专业书不看了，专业技术也顾不得实践、探索、提高了。长此下去，难免有一天内行变成外行，怎能为“四化”建设不断做出新贡献呢？

湖南省卫生厅副厅长田文琴自今年四月任职以来（她原是副主任医师），在做好行政领导工作的同时，坚持下病房看病，发现难度大的手术，自己主动为下级主刀医生当助手，既解除病人痛苦，又使自己的技术不断提高，病人亲切称她为“厅长大夫”。我想，专业技术干部任职后，都应当像田文琴同志那样，坚持不断地实践、提高专业技术。

原载《廊坊日报》1983年11月29日一版

威信岂能靠吹?

有个朋友对我说:“刚到那里,工作不熟悉,人地两生,缺乏群众基础,威信也不高,您老兄是记者,能不能帮我吹吹,造造舆论,树树威信?”听了这番话,我不禁吃了一惊!有这种思想的人,恐怕不是只有我朋友。

威信,是珍贵的,来不得半点虚假。只有以纯洁的心灵、崇高的理想、务实的行动、出色的业绩去取信于民,人们才会爱戴你。反过来说,你胸无大志,庸庸碌碌,好事不去干,甚至以权谋私,与民争利,同党和国家政策对抗,即使再吹,也吹不出威信来。

一名真正的革命者,应像一条春蚕,默默地倾吐柔丝,去描绣祖国五彩缤纷的山河。只要长此下去,何愁威信不高?

原载《廊坊日报》1985年4月19日一版

“嫩姜”也“辣”

在谈到选拔优秀的中青年干部时，有的同志感叹地说：“姜（将）还是老的辣呵！”

我们党内，确有大批“老姜（将）”是很“辣”的，他们经受了长期革命斗争的考验，积累了丰富的工作经验，多谋善断，高瞻远瞩，既能坚定不移地坚持我党的原则立场，又能灵活机动地应付各种复杂的局面。但要看到，这些老同志毕竟年事已高，精力不济，纵有雄心壮志，也力不从心了。还要看到，中共中央根据“四化”建设的要求，改革领导机构和干部制度，实现干部队伍的革命化、年轻化、知识化、专业化，这是当前必须着重解决的一个问题。现在，各级领导班子普遍存在着年龄老化、文化专业知识缺乏的情况，不再适合领导广大群众进行伟大的社会主义现代化建设事业。因此，必须把大批优秀的中青年干部提拔到各级领导岗位上来，这是新时代对我们提出的新要求。如果光强调“姜（将）还是老的辣”，大批优秀的中青年干部就上不来，将造成我们的事业后继乏人，那就要犯历史性的错误。

强调“姜（将）还是老的辣”的同志认为，中青年干部“肩膀嫩，资历浅，经验少，担不了重担，压不住阵”。这种担心是没有必要的。每个干部从参加工作开始，都要经历由懂得甚少到懂得甚多，在实践中逐步成长、逐步成熟的过程。世上没有"生而知之"的人，只有"学而知之"的人。一个人的工作能力强弱，经验多少，都是靠实践、靠学习得来的，老同志丰富的工作经验不也是经历了不断实践、不断认识、不断总结提高的过程吗？所以，"老姜（将）"也不是生来就"辣"的。有些中青年干部，现在还不那么"辣"，经验不十分丰富，不必大惊小怪，只要他们政治品质好，革命事业心强，又有专业文化知识，并且善于学习，思想解放，有理想、有志气、有干劲、有勇气，肯钻研，敢实践，经得起成功与失败的考验，再加上老同志的热情帮助，他们就能逐步成熟，担起领导工作的重任。

实践证明，"嫩姜"并不是一概不"辣"。有不少中青年干部，经过党的培养教育和自己的主观努力，已具备了较高的思想水平和较丰富的工作经验。他们深入实际，作风朴实，思想敏锐，肯动脑子，勇于探索，敢于创新，在工作岗位上做出了新成绩，打开了新局面，受到广大群众的称赞和拥护。总之，只要彻底破除论资排辈的陈腐观念，大批优秀的中青年干部就会涌现出来，就能实现新老干部的合作和交替，把我们的伟大事业不断向前推进！

原载《廊坊日报》1983年4月2日三版

我做得怎样?

现在，有这么一种说法：“杜绝不正之风主要是上头的事，是领导干部的事，咱是一般党员，一无职，二无权，不管物，不管钱，既没吃请受贿，又没走过后门，端正党风，与咱无关！”

这些话，虽然有对的一面，但也有片面的一面。片面之一，把搞不正之风仅仅理解为吃请受贿、走后门，这未免太狭窄了！吃请受贿，走后门，固然是不正之风的重要方面。但除此之外，工作马虎，混天度日；满腹牢骚，乱加指责；喜欢奉承，害怕批评；骄傲自大，目中无人；欺上瞒下，骗取荣誉；抬高自己，贬低别人……诸如此类，难道不属于不正之风吗?

片面之二，把搞不正之风者，统统说成是领导干部。某些领导干部搞不正之风确实严重些，而且在社会上造成了很坏的影响，这是事实，这样的领导干部应严格要求自己，赶紧刹车。然而，我们也不得不承认这样的事实：有些党员同志，虽然没有担任领导职务，但搞不正之风的本事实在不亚于一些领导干部，群众称他们为“万能胶（交）”。这些人能说会吹，能拉善捧，路子野，交际广，没有说不进的地方，没有开不开的后门。难道说杜绝不正之风就不包括这些一般党员?！

端正党风，不单单是领导干部的事，必须全党上下齐努力。那些总是理直气壮地指责领导干部搞不正之风的同志，是不是有勇气问问自己：学习《准则》，端正党风，我做得怎样呢？

原载《廊坊日报》1985年3月8日三版

争当“硬”干部

群众把敢于碰“硬”的党员干部称为“硬”干部。这样的干部对顶头上司的问题敢碰，对同级干部的问题敢抓，对说情、袒护风敢顶，因而深受群众的欢迎。当前，已有不少党员干部这样“硬”起来了。然而，也有人认为：“硬”话好说，“硬茬”难碰，“硬”干部难当。

笔者认为，要真说“硬”话，也是不好说的。因为既然是“硬”话，就要有“硬”行动。一是自身“硬”，二是敢碰“硬”，这才叫真正的“硬”话。若话是“硬”的，行动是“软”的，岂能称“硬”话？有的同志在群众面前顿足捶胸，慷慨激昂，又发誓又表态，讲的话“硬”得很，大有开创新局面的雄心壮志，可是在实际工作中啥问题也不敢解决。这样的“硬”话，不是真正的“硬”话，只能说是空话。共产党员要说到做到，光说不做，不是共产党人应有的作风。

“硬茬”难碰吗？在某种程度上讲，“硬茬”是难碰些，要有胆量，要冒风险。但只要有强烈的革命事业心，忠于党、忠于人民，不管什么样的“硬茬”都能碰。华北石油管理局某办事处的刘某，可称得上是个“硬茬”，他上有“硬后台”，下有“小兄弟”，有人说：“以他的‘能量’，可以搬动整个石家庄。”然而王丽这个普普通通的干部，却能以党的利益为重，挺身而出，讨伐邪恶，向中共中央纪委、中共河北省纪委写信揭发了刘某的罪恶行径。尽管遭到刘的讽刺、威吓、围攻、辱骂，但她毫不畏缩，坚持斗争，在党的支持下，终于把显赫一时的刘某揭露出来。一个一般干部，竟能如此大胆、勇敢地碰“硬茬”，难道我们的党员干部还有什么理由不敢碰“硬茬”吗?!

至于“硬”干部难当，这种说法也站不住脚。只要自身过“硬”，坚持原则，清正廉明，不搞特殊，胆子壮，腰杆硬，“硬”干部就好当。有强烈物欲的人，个人主义思想严重的人，自然当不了“硬”干部。

端正党风，干“四化”，需要大批“硬”干部，愿每个党员干部都努力争当“硬”干部。

原载《廊坊日报》1983年6月8日三版

搞小圈子有害

有人这样议论："某某真会当官，万事不用自己操心，只要说句话，手下的'贴心人'就把他想到的，甚至没想到的事都办了。某某不是当官的材料，心眼死，办事抠，身边一个'知心人'也没有，这种人早晚要吃亏的啊！"

笔者认为，这些论调，混淆了是非界限。真正会当官的标准只能是，认真学习马列主义、毛泽东思想，坚决按照党的路线、方针、政策办事；坚持党和人民的利益高于一切，大公无私，清正廉明；坚决维护党的团结和统一，反对搞派性，垒山头；对党忠诚老实，言行一致，敢于同一切歪风邪气做斗争；坚持党性和党的原则，为维护党和人民的利益贡献自己的一切。

然而，有的同志竟把手下有没有几个"贴心人"，看作会不会当官的标准，因而总喜欢搞那么一个小圈子，把一些嘴甜腿勤、能吹善捧的人当作"知己"，委以重任，而把那些与自己意见不同的人、不善于吹捧自己的人视为"异己"加以排挤。岂不知这种做法十分有害。倘若一个领导班子的所有成员，都各自物色自己的"贴心人"，势必造成搞小派别，垒"小山头"，发展下去就会严重破坏党的团结、统一，妨碍党的路线、方针、政策的贯彻执行。每个党员，特别是担任领导工作的党员干部，更要坚持党性原则，要善于搞“五湖四海”，善于团结不同意见的同志一起工作。最近河北省委对内丘县委少数领导干部坚持闹派性、垒“山头”的错误做了严肃处理，少数善于搞小圈子、培植亲信的人应从中吸取教训。

原载《廊坊日报》1982年3月6日三版

把“五讲四美”变为群众的自觉行动

当前开展的“全民文明礼貌月”活动，是使“五讲四美”活动制度化的一项重要措施，它恰如春风送暖，沁人肺腑。城乡开始出现讲清洁、讲秩序、讲礼貌以及关心他人疾苦、助人为乐、团结友爱、移风易俗、新事新办的喜人景象，人们无不为之高兴！在高兴之余，我们也必须看到存在的问题：“五讲四美”活动开展得还不够平衡，一些单位还不同程度地存在着“脏”“乱”“差”的问题。原因何在？笔者认为，根本原因在于没有把群众充分发动起来，没有把“五讲四美”真正变为群众的自觉行动。那么，如何才能把群众充分发动起来？

第一，要搞好思想发动，使广大群众认清开展“五讲四美”活动的重要意义。要认真组织干部、群众学习中共中央领导同志关于建设高度精神文明的一系列重要指示，使每个人都懂得，开展“五讲四美”活动，是我国当前建设社会主义精神文明的一个重要组成部分。开展“五讲四美”活动，就是要把我们党、我们国家的文明传统重新恢复起来，要教育群众自觉地投入到这个活动中来。这个活动开展得好，我们的党风、民风以及社会风气就会有个大改变，就能振奋人们的精神，加快“四化”建设的步伐。“五讲四美”是全党、全民的大事，要使每个公民都明白这一点。只要讲清道理，群众知道了真理，有了共同的目的，就会齐心来做，“五讲四美”的新风就一定会吹遍我区城乡的每个角落！

第二，领导带头，以身作则，这是发动群众的又一重要方法。从各单位活动的情况看，凡是本单位领导重视，又带头干的，群众就发动得充分，“五讲四美”活动的效果就显著。反之，效果就差。实践证明，只要各级领导都能为广大群众做出表率，就能调动浩浩荡荡的大军，把“五讲四美”活动深入持久地开展下去。

第三，制定必要的规章制度，经常开展评比检查，这也是发动群众的有效措施。各单位都要发动群众对一年多来开展“五讲四美”活动的情况进行一次总结，看看本单位原来制定的制度，哪些坚持得好，哪些坚持得不好。对坚持得好的单位和个人，要进行表扬和必要的奖励；对坚持得不好的，要提出批评。那些至今还没有制定规章制度的单位，要尽快制定，使群众有章可循，制度一经公布，就要贯彻落实，不要定了不办，说了不算。

总之，只要认真搞好思想发动，领导带头，又有严格的规章制度，就能把“五讲四美”变为广大群众的自觉行动，我区城乡的面貌就会有大的改观，各项工作和生产就会搞得更好！

原载《廊坊日报》1983年3月16日三版

“事后诸葛亮”之我见

“事后诸葛亮”这句俗语，是说事后才把情况弄清，看出利弊，常用于事后批评指责。谁落个“事后诸葛亮”，难免要受到非议，诸如“你事先干什么去啦”“现在说晚了”等。我觉得，不应这样看。

一个人在工作中，“洞察一切，万无一失”是很难做到的。因为事物在不断发展变化，人的思想认识往往有局限性，赶不上发展变化的情况，工作中就难免有失误。“经一事，长一智。”失误后，能够冷静头脑，认真想想，总结教训找原因，从中悟出有教益的东西，提高自己认识和分析事物的能力，以利再战，这样的“事后诸葛亮”，不也是需要的吗？

真正高明的领导不在于一点失误也没有，而在于失误后，能公开承认并及时纠正。如果有了失误却认识不到，甚至讳疾忌医，那是可怕、可悲的！

原载《廊坊日报》1986年6月14日一版

请“常有理”者三思

开展“五讲四美”活动以来，通情达理的人越来越多了。然而，在我们日常工作和生活中，仍有极少数同志“常有理”。他们“能言善辩”，对正确的意见不接受，对热情的劝导听不进，对自己的错误不认账。如明明自己无组织、无纪律，任意顶撞领导，还美其名曰：“我这是抵制错误的领导！”明明自己犯了错误，领导批评他，不但不虚心接受，反而振振有词：“错误是我犯的，根子在领导身上！”你提倡向先进看齐，他说：“向谁看齐也这么两下子，谁比谁先进多少！”如此种种，不一而足。

“常有理”者之所以总觉得自己有理，一方面是因为错误思想的流毒影响尚未肃清，一方面是因为私心杂念作怪。他们千方百计为自己的错误论调、错误行动争一张“合法的通行证”。

然而，“常有理”者也应该想想，在中共中央大力号召建设精神文明、物质文明的今天，能有多少人给你发放“通行证”呢？奉劝“常有理”者，还是经常想想自己的缺点、错误，通过学习和总结经验教训，肃清错误思想的流毒，克服私心杂念，以大局为重，向先进者看齐，力争为“四化”建设多做贡献。我的看法是否有理，请“常有理”者三思！

原载《廊坊日报》1985年3月1日一版

让英雄有用武之地

湖北省襄樊市委，对具有文化水平、有真才实学、有组织能力、善于打开新局面的知识分子，大胆提拔，委以重任，使这些英雄有了用武之地，改变了企业面貌，创造了不少新产品，在市场上有了竞争力。

襄樊市委为确保英雄有用武之地，明确提出，破除过去干部工作中的“三轻三重”现象，即重资历轻德才，重党内轻党外，重出身轻贡献。这个现象破得好！现在，有的单位的领导口头上也讲要重用知识分子，但在研究提拔知识分子时，又提出了一连串的问题：“某同志倒是有德有才，就是资历浅，肩膀嫩，怕担不了重担；某同志知识面广，又有技术专长，可惜不是党员，不好提拔呀！”如此等等，摸摸这个不行，掂掂那个不行，最后还是：“让他们在原来的岗位上干吧！”

希望这些单位的领导同志，也学学襄樊市委的做法，坚决破除“三轻三重”的现象，让那些优秀的知识分子大有用武之地。

原载《廊坊日报》1984年4月5日一版

要“干”不要“等”

当前，许多领导干部纷纷深入基层，研究新情况，解决新问题，真正开动脑子，放开胆子，甩开膀子大干起来了。

然而，还有少数领导同志至今工作挂在嘴上，精力放在会上，不动脑子，不出点子，等上级拿主意，等别人出经验。这些同志负责的地方，工作总是上不去，群众急得心里冒火，他却泰然自若。希望这些同志赶紧把“等”字换成“干”字。如果还“等”下去，难免有群众会说：“过去工作搞不好，怨别人；现在工作再搞不好，又怨谁呢？只能怨自己！”

原载《廊坊日报》1983年6月8日一版

要尊敬与仁爱别人

尊敬与仁爱别人，这是建设社会主义高度精神文明不可缺少的内容。它既包含对别人礼貌上的尊敬和意见的尊重，又包含着对别人的关心、体贴和爱护。开展“五讲四美”活动以来，很多同志都自觉地尊敬与仁爱别人，为改变社会风气起到了积极作用。

然而，至今有少数人，对这个问题仍不大注意。如有的语言粗鲁，出口成“脏”；有的好动肝火，任意训人、骂人；有的只图自己开心，随便给别人起外号；有的自恃高明，目中无人，对别人提出的好意见不采纳；还有的只关心自己，不关心别人，对群众的痛痒不闻不问。如此等等，都是不尊敬与不仁爱别人的具体表现。这些问题不解决，也会影响党风和社会风气的转变。

在尊敬与仁爱别人方面，毛主席、周总理等老一辈无产阶级革命家都有很多动人的事例，很值得我们学习。

孟子曾说过：“爱人者，人恒爱之；敬人者，人恒敬之。”这话是很有道理的。试想，一个对别人不尊敬、不仁爱的人，怎能得到众人的尊敬与仁爱呢?！只有尊敬与仁爱别人，别人才会尊敬与仁爱你，这个道理是最清楚不过的。愿每个同志，都学会尊敬与仁爱别人，让文明之花经久不衰。

原载《廊坊日报》1985年8月3日三版

为“放火”一忧

某些“新官”，上任少则十多天，多则一两个月、三四个月，对某地某单位的情况仅仅一知半解，就开始“放火”，一把接着一把，并且一把比一把旺。结果，引起了“火灾”，既烧坏了别人，也烧坏了自己。

某单位有个“新官”，豪情满怀，雄心勃勃，上任一个月，就放了“三把火”。第一把火，把原来的中层干部统统免职；第二把火，照搬他人之经验，硬在本单位推广；第三把火，提出一些不切合实际的高指标，号召全厂干部职工顽强拼搏。“三把火”过后，新老干部矛盾加深，职工积极性下降，产品滞销，工资、奖金难以支付，企业濒临倒闭，上级免去了他的职务。这“三把火”，烧坏了企业，烧苦了职工，也把他自己烧“糊”了。如此“放火”，怎不令人担忧呢?

“新官”上任，希望尽快开创新局面，这种愿望是好的。但光凭雄心、激情，而没有严格的科学态度和求实精神，再好的愿望，也只能“竹篮打水一场空”!

以我之见，“新官”上任，不必忙着“放火”，倒是应该迈开双脚，深入群众中去，多做调查研究，多听取群众的意见，多为群众办实事，不要盲目放那些表面看起来轰轰烈烈，实际上不得人心的“火”。如果，有人硬要“放火”，我倒要奉劝一句：“请君看准了再放！”

原载《廊坊日报》1985年7月2日三版

"怕群众指脊梁骨"好

"有人总说我胆小怕事，我怕什么呢？我就怕群众指我的脊梁骨。"这是我一位在外地工作的朋友来我家做客时说的一句话。朋友告诉我，他在某县的一个公司里任经理，由于自己坚持原则，不徇私情，连续两年被评为地、县的优秀党员。

这荣誉理应使家人高兴，然而，他却遭到妻子的责怪："人家当个头头都能为自己和亲友走点后门，谋点'福利'，可是你呀，当了个芝麻官，这也怕违反原则，那也怕不符合党性，胆小怕事，树叶掉了都怕砸着脑袋，瞧你这点能耐！"我说，那你怎样回答你的妻子呢？他说，他只讲了两句话："办那些不得人心的事，我怕群众指我的脊梁骨！"朋友的话，使我很受教育。

"怕群众指脊梁骨"这句话，包含着很深的哲理。这种怕，不是消极退步的怕，而是积极进步的怕，既符合党和人民的利益，又坚持了党性原则，这是端正党风不可缺少的一怕，这种怕值得提倡，每个共产党员都应该这样怕一怕。党的三中全会以来，"怕群众指脊梁骨"的党员干部越来越多了，他们经常用这句话来提醒自己，约束自己，自觉地做到后门不走，私情不搞，秉公办事，坚持原则，发扬了党的优良传统和作风，受到广大群众的称赞！

然而，遗憾的是，至今，仍有少数党员干部，他们“不怕群众指自己的脊梁骨”，丢掉了为人民服务的思想，一味追求物质享受，利用职权谋私利，有的甚至不顾影响，利令智昏，胆大包天，竟然和社会上的不法分子合伙投机诈骗，贪污盗窃，坐地分赃，最后，受到了党纪国法的严厉制裁，落个身败名裂的下场。

我想，一名党员干部，只有经常想到“怕群众指脊梁骨”，才能自觉地抵制不正之风，模范地遵守党纪国法，在群众面前才有发言权。

原载《廊坊日报》1982年8月10日三版

“人多嘴杂”不是坏事

“人多嘴杂”，一直作为贬义词用的。这是由于有的领导同志头脑中主观主义作怪，只许“千人之诺诺”，不准“一士之谔谔”。他们对那些对自己百依百顺的诺诺者，信任有加；而对好提意见、敢说真话的谔谔者，则视为“挑刺”“找茬”，反感得很。

我认为，“人多嘴杂”既可使领导者从群众的议论中吸取有用的意见，弥补决策时可能出现的偏见或失误，又能经常提醒、督促领导坚持原则，少犯错误。从此意义上讲，“人多嘴杂”有何不好呢？

高明的领导者应该正确地对待“人多嘴杂”，只有如此，才能不陶醉于一孔之见，找出差距，不断前进！

原载《廊坊日报》1983年4月6日一版

识人选人用人

人才是创业之本。古人曰："尊贤使能，俊杰在位，则天下之士皆悦。"一个地方、一个单位，能否形成龙腾虎跃的局面，关键取决于德才兼备的人是否在位。

目前，很多单位对德才兼备的干部政治上信任，工作上重用，生活上关心，值得称道。但还必须看到，有些单位在尊重人才、选用人才上，仍存有种种错误观点和认识。

一曰："没犯错误下不得。""某某没犯错误，怎能让他下去呢？"常听某些领导这样说。一名领导干部，虽然在一个单位干了很多年，但工作毫无建树，不能为党为民建功立业，本身便是过错，而且是很大的过错，为什么下不得呢？如果让这些平庸之辈继续稳坐"铁交椅"，就是在保护落后，岂不贻误"四化"大业？

二曰："能说会道的动不得。"这种说法，混淆了是非界限。对能说会道的人，必须做具体分析。看他怎样说，怎样道。现在有这么一种人，虽然没有实际工作能力，但他们"善探气候，好看风头"，在顶头上司面前，说假话，唱高调，拍胸脯，显才能，一些领导认为这是好干部；还有一种人，不干实事，整天围着领导屁股转，说得比唱得还好听，一些领导认为这是知己的心腹，若把这些人请下来，某些领导就会连呼："动不得，动不得！"其实重用这些无能之辈，对干实事的老实人无疑是个打击。这样的单位，工作怎能上得去，群众又怎能心悦诚服？

三曰："没有文凭提不得。"有的同志说："金牌，银牌，不如文凭这块硬牌。"不是以水平、能力取人，而是以有无文凭取人。有了文凭一好百好。而对那些自学成才、有真才实学、有领导能力的人，却另眼相待，甚至让他们"坐冷板凳"。这就给善投机钻营的人有机可乘，给踏实工作的人泼了冷水。选拔干部，要破除"唯文凭"论，坚持德才兼备，任人唯贤。无论有无文凭，只要有实际工作能力，都应一视同仁，予以重用。

原载《廊坊日报》1986年4月4日三版

当地生姜也辣

有个顾客到副食品店买生姜，问售货员："此姜是外地货，还是当地货？"售货员答："当地货，您买多少？""不，不，我只不过随便问问。"说完，那个顾客皱着眉头走了。我问他："同志，副食品店的生姜不是很好吗？怎么不买一点呢？"他苦笑着摇头说："当地生姜不辣，买它做甚！"

这个顾客的话，引人深思，不禁使我想起在用人问题上，有些同志不也存在着"当地生姜不辣"的心理状态吗？他们习惯戴着"木头眼镜"看人，对本部门、本单位的人才看不起，嫌这个没文凭，那个没水平。明明本单位有人才，他硬嚷嚷没人才。这种"站在泉水边喊没水喝"的同志，应该更新一下头脑中"当地生姜不辣"的旧观念了。

原载《廊坊日报》1985年4月25日一版

领导干部同群众交朋友好!

中共哈尔滨市委副书记王崇伦同志最近提出:“要提倡领导干部和普通群众交朋友。”这一条提得好!有些同志,在口头上也懂得密切联系群众的重要,可在行动上却迟迟不愿落实。他们的理由是:“现在干部难当,工作难做,‘左’了不行,‘右’了不行,说深了不行,说浅了不行,同群众交朋友难啊!”这是一种偏见。

同普通群众交朋友并不难,关键是领导干部要有一个谦虚的态度:接触群众不忘把自己放在小学生的位置上;自己不懂的不忘向群众学习请教;工作出了问题,不忘从自己身上找原因;工作忙,不忘到群众家里看看、聊聊;同群众谈话,不忘征求群众对自己的意见。只要做到这几个“不忘”,何愁群众不跟你交朋友?

原载《廊坊日报》1985年3月9日三版

筑“堤防”不忘堵“洞穴”

现在，有的领导同志说：“我既没批过一张违背原则的条子，又没打过一个走后门电话，已经为纠正不正之风筑起了一道‘堤防’，尽到了自己应尽的职责！”

笔者认为，能坚持这样做的领导同志，精神十分可贵，应该受到赞扬！但细想起来，还有美中不足之处。纠正不正之风，领导带头非常重要，但作为一名领导干部，仅仅满足于自己为纠正不正之风筑起了一道“堤防”，而对社会上不正之风的“洞穴”，睁只眼，闭只眼，奉行“多栽花，少栽刺”的处世哲学，没有勇气去堵塞，那么，党风和社会风气仍得不到根本好转。

每个担任领导工作的同志，既要严于律己，为人师表，从思想上、行动上真正为纠正不正之风筑起一道“堤防”，又要有勇气堵塞社会上不正之风的“洞穴”，只有这样，才能说自己尽到了职责！

原载《廊坊日报》1985年4月2日三版

莫当“老好人”

中纪委第二书记黄克诚同志指出：“有的人不愿做模范，怕得罪人，一心保‘乌纱帽’，保选票。这不是革命的想法，是个人主义的想法！”这话讲得深刻、尖锐，值得每个共产党员，特别是担任领导工作的党员干部深思！

当前，不怕得罪人，敢于碰硬，敢于坚持党的原则的干部越来越多了。但是，“老好人”在党内还时有出现。有些同志私心作怪，个人主义思想严重，他们“怕”字当头，不讲原则，不分是非，奉行“多栽花，少栽刺”的处世哲学。如有的遇到问题绕着走，碰到矛盾就躲开；有的批评上级怕被打击报复，批评同级怕影响关系，批评下级怕丢选票，揭发坏人坏事怕毁家丢命。因此，他们对党内的错误思想、错误行为不敢批评，对坏人坏事不敢斗争。在某些单位，由于“老好人”掌权，出现了好人好事没人夸、歪风邪气没人管的反常现象，这怎么能调动群众的积极性，开创“四化”建设的新局面呢？！

有些同志口头上也大讲反对“老好人”，行动上却在当“老好人”，对老同事、老部下、老朋友及自己亲友有求必应。拉关系、走后门的他支持；不符合条件“农转非”的他给办；犯错误受批评的他同情；违法乱纪受处分的他说情；听了违背党的四项基本原则的错误言论不抵制、不批评。这些同志忘记了自己是个共产党员，所以在群众心目中，威信低得很！

“老好人”的所作所为，损害了党的形象，败坏了党的作风，对党、对人民、对端正党风和社会风气十分有害，每个党员和党的领导干部，都要认真想想黄克诚同志的重要指示，自觉地清除私心杂念，去掉个人主义，争做坚持党的原则的模范，为尽快端正党风和社会风气做出自己的贡献！

原载《廊坊日报》1983年12月26日三版

市民喜欢十七种干部

“我们喜欢17种干部，不喜欢另外17种干部。”这是我到江苏丹阳市一些企事业单位和居民家中调查了解干部作风时听到的。

今年元月中旬，我以“您喜欢什么样的干部，不喜欢什么样的干部”为题，到丹阳市一些企事业单位和市民家中调查了解，不少市民都讲，丹阳市很多干部能做到“党的政策记心头，团结奋进有劲头，艰苦奋斗带好头，关键时刻冲前头”，但也有些干部表现不太好，使群众感到失望。

群众喜欢既听“喜”又听“忧”的干部，不喜欢光听“喜歌”“喜讯”的“喜鹊干部”；喜欢坚决按党的政策办事的干部，不喜欢搞“上有政策，下有对策”、把真经念歪的“歪嘴干部”；喜欢虚心向群众求教的干部，不喜欢听不进群众意见的“架子干部”；喜欢搞“五湖四海”、团结大多数人一起工作的干部，不喜欢拉帮结伙、破坏团结的“乱世干部”；喜欢开拓进取、积极干事业的干部，不喜欢无所作为的“混世干部”；喜欢说实话、办实事的干部，不喜欢说大话、空话的“吹牛干部”；喜欢为群众排忧解难的干部，不喜欢光许愿、不兑现的“甜嘴干部”；喜欢为政清廉的干部，不喜欢雁过拔毛的“贪沾干部”；

喜欢不徇私情、秉公办事的干部，不喜欢依仗职权、优亲厚友的“后门干部”；喜欢调查研究、科学决策的干部，不喜欢盲目表态拍胸脯、决策失误拍脑袋、出了问题拍屁股的“三拍干部”；喜欢办事有战略眼光、考虑人民长远利益的干部，不喜欢急功近利、一味追求个人政绩、搞短期行为的“荣誉干部”；喜欢不讲排场、不图形式、不摆花架子的干部，不喜欢华而不实的“葫芦干部”；喜欢向上级说真话的干部，不喜欢欺上瞒下、做假汇报、报假数字的“水分干部”；喜欢有真才实学、“又红又专”的干部，不喜欢缺德少才的“庸才干部”；喜欢到后进单位“雪中送炭”的干部，不喜欢光到先进单位去“高岗填土”的“偏心干部”；喜欢一步一个脚印的干部，不喜欢头脑发热、盲目“大赶快上”的“冒进干部”；喜欢在金钱财物面前“眼不红，手不伸”的干部，不喜欢见钱眼开的“铜臭干部”。

原载《中国市容报》1992年2月23日一版

“科技兴公交”势在必行

今天，本报发表了南京《公交盛开科技花》的调查报告，作为《城市公交当前产业政策》实施情况调查报告的首篇。以后，本报还将陆续刊出另外3个公交产业政策试点城市及其他一些城市的调查报告。

大家知道，城市公共交通被列为国家在基本建设领域重点支持的产业之一，对城市建设来说是一项重要的决策。这项政策的制定反映了国家对广大城市人民的关怀，对城市公共交通业的重视，对促进公交行业的发展具有重要的意义。

目前，许多城市的公交系统正积极贯彻实施这一产业政策。本报刊出这一调查报告的目的，正是在于探讨有关政策，推广先进经验，使公交行业在改革开放中健康发展。

南京市的做法很有远见，他们把“科技兴公交”作为一项战略，放到总揽全局的位置上，并在落实上下功夫。短短五年时间，他们在技术改造、技术开发上搞了36项科研项目，其中有26项荣获国家、省、市科研成果奖，摆脱了困境，搞活了企业，有力地促进了公交事业的发展，实在令人高兴！

现在，很多企业都在寻找搞活企业的办法，有的把希望寄托在经营机制的转变上，有的把希望寄托在上级领导的支持上，有的把希望寄托在内部挖潜上，有的把希望寄托在放宽政策上……诚然，这些都是搞活企业的办法，但搞活企业更有效的办法是大力推进科学技术进步。南京市公交总公司在没有推进科学技术进步时和推进科学技术进步后出现的两种截然不同的结果，不就是很好的说明吗？！

邓小平同志提出的“科学技术是第一生产力”的理论，深刻地说明了科学技术的重要性。然而，某些企业的领导人对这一理论的重要性还缺乏足够的认识，口头上讲起来重要，但落实得并不好。在推进科学技术进步上，缺乏胆识，缺乏开拓创新精神。职工批评他们是“小农经济的脑子，小心翼翼的胆子，小打小闹的摊子，小脚女人的步子”。这种思想和做法怎么能做到“科技兴公交”呢？！

如何落实“科技兴公交”的战略决策？首先要像南京公交总公司那样，把推进科学技术进步的工作放到总揽全局的位置上。其次，要制定好“科技兴公交”的总体规划和实施方案。某些科研项目要经过深入调查、反复论证后再拍板。在实施中，领导要亲临第一线，及时发现问题，及时解决问题。第三，要抓好人才的使用，充分发挥技术骨干的聪明才智，调动他们的积极性。第四，增加投入。要像南京公交总公司那样，发扬艰苦奋斗的作风，他们不盖新办公楼，不装修门面，至今仍在旧楼里办公，把节省下来的资金用于技术改造和技术开发，这种精神应该大力发扬。

原载《中国市容报》1992年4月9日一版

公交盛开科技花

——南京公交依靠科技进步的调查报告

自然界的花，以绚丽多姿的色彩，美化了人们的生活，给人以享受，给人以乐趣。

然而，南京公交总公司近五年来开出的36朵科技之花却有着更加迷人的美色和花枝斗俏的生机，它服务于社会，造福于人民，推动了公交事业的发展。

南京公交总公司下设四个汽车公司、一个电车公司和一个车辆厂，现有职工1.45万人，科研人员25人，其中高级科技人员9名，各种车辆1289台，营运线路92条，总长度1300公里。近几年来，虽然市政府给予大力扶持，但随着改革开放的不断深化，城市公交越来越不适应人们工作、生活和经济发展的需要。一是车龄老化。绝大部分车辆都是老解放牌的底盘，影响运行速度，增加了车辆的机械故障和停修时间。二是城市道路通过性差，路少不成网，重复路段多，车辆运行速度慢。如33路电车平均时速由原来的17公里下降到13公里，日损失车次163次。三是机动车和非机动车的猛增加剧了行车难的矛盾。据调查，南京市目前有机动车8万多辆，非机动车120万辆，比1950年增加了近百倍，而道路仅增加两倍左右，车辆拥挤，行车难日趋严重。四是管理方法落后，凭“眼看、耳听、手摸”来进行管理。五是保修设备陈旧短缺，直接影响保修质量。

如何摆脱这种困境？南京公交总公司提出了“以科技兴公交”的战略决策。从1987年以来，全公司大力开展技术改造、技术开发和群众性的技术革新活动，出色地完成了“高峰错时优化研究”“6620型轻型客车研制”等36个科研项目的研究，其中有26项获国家和省、市等级别科研成果奖。这些科研成果的推广应用，对改变传统落后的管理和缓解“乘车难”、减少机械故障等起到了积极作用，受到省、市领导和专家的称赞。

念好“一本经”

“科技兴公交”是一项社会系统工程，南京公交总公司党委和经理室领导都把它放到重要位置，共同念好这本“经”。公司成立了科研处，配备了机械、车辆、电子技术、计算机等方面的技术人员25名，对基层单位的科研项目进行具体指导，结合生产选定科研题目；抓好科研项目的立项、拨款、试验和组织鉴定；制定了《科技成果和合理化建议奖励实施办法》。

下好“一着棋”

南京公交总公司的领导都以身作则，真抓实干，下好带头实践这着棋。车辆厂副厂长童冠军直接参与6620型轻型客车课题研究，和攻关小组的同志一起查资料，找数据，搞试验。经过9个月的辛勤工作，于1991年9月30日研制成功，并通过省级鉴定。生产的30台轻型客车投入运行后，受到乘客的欢迎。南京市市长王荣炳兴奋地说："今年上半年再生产100辆！"

车辆厂徐志明等研制的新型城市客车，车型美观大方，使用承载力大，结构强度高，制造工艺简单，维修方便，通过省级鉴定，获得科研成果一等奖。

电车公司朱仁培等研制出翻转复位式集电器，有效地防止了电车集电杆脱落打坏线网的问题，这一成果，已获国家专利。

为缓解"乘车难"，公司营运处、技术机务处的科技人员调查了南京市1300个单位的职工人数、乘车人数、上下班时间、下车站名、步行时间等参数，进行了高峰错时优化推广应用的研究，并通过省级鉴定，被专家确定为具有全国先进水平的研究成果。这项成果应用后，据几个主要站点的调查，日客流量平均下降17.18%，下降最多的是新街口站，下降达36.26%。

用好"一批人"

南京公交总公司的领导在实践中认识到，科技人员是新的生产力的开拓者，是"科技兴公交"的"才子"，千方百计为科技人员发挥聪明才智创造良好的工作环境和生活环境。近五年来，公司吸收了40名技术骨干入党，提拔了70多名科技人员到公司科、处的领导岗位，对住房困难的技术人员予以适当照顾，还帮助一些科技干部解决了夫妻分居问题，调动了科技人员搞科研的积极性、创造性。技术机务处高级工程师张明宝，潜心于车辆底沟举升机设计研究，获得科技成果二等奖。目前，已有140台车辆在公司推广应用，效果很好。从1989年至今，公司还引进各类专业人才100多人，公司领导处处关心他们，这些专业人才在各自的岗位上都做出了贡献。

管好“一本账”

投入，是“科技兴公交”的物质保证。南京公交总公司领导班子严格把好财务开支账，做到合理花钱，科学花钱，少花钱，多办事，把有限的资金用在刀刃上。他们发扬艰苦奋斗的作风，至今仍在旧楼里办公。有人说，南京公交总公司的旧楼房、旧门面该更新了，公司领导听了总是一笑置之，坚持不盖新办公楼，每年都挤出10多万元用于科研项目的研究。为了提高科技人员的素质，他们还选送10多名处级以上干部到东南大学培训，花了7.2万元引进汽车工程专业本科毕业生4人，培养研究生1名，优化了职工队伍的技术素质。职工们反映，领导的财务账管得好，笔笔款花得有价值，使公司在技术开发、技术改造上年年有新项目，岁岁有新成果，充分显示了“科技兴公交”的威力！

原载《中国市容报》1992年4月9日一版

时政论文

论思想政治工作的"微调"艺术

思想政治工作，如何创造温暖、宽松、融洽、和谐的环境，除了要有丰富的知识、正确的思维方式外，还必须掌握"微调"艺术。

"微调"，是物理学上的名词，通常是指对科学仪器的某种功能或效果，做出轻微调整的过程或动作。把它运用到思想政治工作上来，就是对职工中出现的各种问题，着手解决时，在力求平稳或基本平稳的状况下，在解决问题的某个环节、某种方法或某一个动作上做精心的调节和调整，以取得圆满的思想政治工作效果的艺术。这种"微调"艺术，如春风化雨，点滴入微，给人以温暖、信心和力量，可产生凝聚力、向心力、驱动力、塑造力，使思想政治工作更富有人情味、亲切感。

在日常生活、工作中，我们常常会遇到"热点""沸点""冰点""难点"问题。解决这些问题，"空调"不行，"猛调"失灵，"胡调"乱套，只有"微调"才灵。如何"微调"呢？我想必须从以下四个方面入手：

一、"热点"问题要"软解"。各种不同客观因素的影响，可使人产生不同的想法和情绪。如招工、招干、审批物资、入党、入团、提拔、晋级、物价、社会治安、计划生育、优化劳动组合等种种因素，可使人产生一些埋怨情绪和一时想不开、解不开的心头疙瘩，怎样解决这些“热点”问题？某些同志，由于古老的封建观念在脑细胞中起作用，习惯搞“思想排队”，人为地把职工分为“先进和落后”，然后，搞所谓的“对症下药”“各个击破”。有的靠“压、批、吓、罚”，结果，压不服，批不服，吓不怕，罚不灵。不但解决不了问题，反而把事情弄得不可收拾，导致职工满腹情绪，矛盾激化，干群关系紧张。

解决这类问题，不能靠权力“硬解”，而要靠“心力”“软解”和“化解”；不能靠“堵道”，而要靠疏导。去年年初，我市建委系统有些职工对物价上涨、社会治安、政治形势有些看法，有的甚至发点牢骚。市建委主要领导多次研究职工的心理，耐心摆事实、讲道理，讲丹阳十年改革，城市建设出现的十大变化，同时也指出存在的问题和市里采取的措施，对职工的一些牢骚话不搞“无限上纲”，对他们的实际困难妥善解决，真正做到讲成绩不过头，讲问题不回避，提希望不苛求，搞疏导“毛毛雨”，帮助人“微微风”，用生动、具体、实在、亲切、炽热的真情，去融化、软解职工由“热点”问题结成的思想疙瘩，引起人们心灵的正常震荡，从而消除怨气，振奋精神，做好本职工作。

二、“冰点”问题要“热解”。每一种液体都有自己的冰点。人的思想也会出现“冰点”。特别是当勇于改革的同志，在工作中偶有失误，犯了某种错误时，得不到人们的理解、帮助、信任，就会陷入痛苦之中，思想容易出现“冰点”。如何用深沉的爱和信任去融化他心中的“冰点”？这就要求我们做思想政治工作的同志，正确加以调节和调整。要看其主流，观其大节，不能“以小错而掩大德”；对无关大局的细小过错，可以略去不提；对其错误可以批评，但不能一棍子打死；对功大于过的人，虽要责其过，但更要赏其功。只有如此，才能保护改革者的积极性。遗憾的是，我们有些同志，却不愿这样做。他们对取得显著成绩的改革者，常常是“一叶障目，不见泰山”，以偏概全，以过掩功；“鸟刚入林枪声响，冷冷冰冰紧处理”。这怎么不使改革者心灰意冷呢？

须知人非圣贤，怎能要求改革者万无一失呢？改革，就是探索，谁不想在探索中避免弯路，少犯错误？但又有谁敢打不走一点弯路的保票？第一个吃螃蟹的人难免被夹，头一口尝野菇难免中毒，他们本身就够痛苦了，怎么能再无情地指责和处分他们呢？我十分赞成这样的做法：对犯错误的改革者，不能冷淡，“敬而远之”，不能一闷棍把他们打下马来，不能使他们抬不起头来；应该热情，“爱而亲之”，主动接近、亲近、关心、说服、爱护、团结、信任他们，鼓励他们总结教训，抬起头来，重振雄风，继续前进，使他们真正感到党组织和同志们的温暖。

这样做，可以得人心，促使“冰点”化开，达到好的教育效果。去年，我们市建委下属一个公司的经理，工作中有些失误，被某些人到处写信告状，硬是揪住不放。这位经理感到十分痛苦，思想呈“冰点”状态。建委领导在公开场合表态：这位经理虽然有过失，但他的功大于过，而他的过并没有影响大局，只是工作环节上的过失，他有开拓能力，有事业心，是个干事业的好经理！同时多次找这位经理谈心，使他很受感动，心中的“冰霜”很快解冻。这位经理重新鼓起劲头，工作富有成效，前年全员劳动生产率人均达1.13万元，名列全省前茅，被省评为“1988年度质量管理先进企业”。实践证明，“冰点”问题，只要满腔热情“热解”，就能圆满解决。

三、“沸点”问题要“冷解”。每种液体，除了有冰点外，同时也有沸点。当矛盾激化时，人们的思想就会呈“沸点”状态。解决这类问题，只有靠“降温”“冷解”。我市园林管理处女工郝某和其夫感情不好，其夫不务正业，家庭常闹得不可开交。去年夫妻再次闹翻，把家里家具、盆盆罐罐全都砸坏，郝某提出离婚，带着衣被住到茶社走廊里，并向法院提出离婚起诉。两人关系破裂，思想都处于“沸点”状态。有人主张“快刀斩乱麻”，有的主张“降温”做工作。管理处党支部、工会采取“降温”“冷解”的办法，组织人员分头找两人谈心，让双方都冷静下来各自考虑自己的言论和行动所产生的利害关系。经过三天的考虑，双方终于做出让步。其夫写下了改邪归正的保证书，并主动将郝某接回家中；郝某向法院要回了离婚起诉书，从而和好如初。这件事说明，“降温”“冷解”，有利于缓解矛盾，促使事情向好的方面转化。

四、“难点”问题要“巧解”。所谓“难点”问题，就是经多次批评教育，仍不奏效的问题。解决此类问题，单靠行政手段，只能治标，不能治本，而且有可能把人“治死”。只有采用灵活的、巧妙的方法，才能取得比较满意的效果。市建委管辖的市建材总厂，有一名青工，垂钓兴趣浓厚，经常利用上班时间去河边垂钓，人称“钓鱼迷”。车间多次“教育”，毫无效果。群众说他有“三不怕”，“不怕批评，不怕做检查，不怕扣奖金”，并断定他“歪脖子树成不了栋梁材”。厂主要领导闻此情况后，采取了三招：一招靠激励，肯定他不是“歪脖子树”，经过努力是可以成为“栋梁材”的；二是靠“谈兴”，组织青工开展谈兴趣活动；三是靠“正兴”，引导职工正确支配自己的兴趣。这三招，既使这名青工的兴趣不受损害，又使他能合理地安排兴趣时间。今年以来，他再也没有利用上班时间去钓鱼，成了车间里的生产骨干，月月超额完成任务，受到职工的称赞。这件事说明，“难点”问题并不难解决，只要在解决的方法上动点脑筋，巧做文章，“难点”就能顺利解决。

总之，思想政治工作者，就好比一个乐队的指挥，要善于“微调”。在庞杂的音响中，准确、无误地辨明每件乐器的音质、音色，并在不干扰整体演奏的情况下，及时地、巧妙地对某些乐器加以调整，就能使整个乐队演奏出和谐、悦耳、动听的乐曲来。

原载《江苏建设政工研究》杂志1990年一期

论改进思想政治工作的思维方式

最近，中共中央提出要加强和改进思想政治工作。怎样加强和改进思想政治工作？除了对思想政治工作的方法、形式改进外，还应对思想政治工作的思维方式加以改进。只有如此，才能促使新时期思想政治工作的顺利开展，充分发挥思想政治工作的威力。

长期以来，在思想政治工作中，尽管我党一再强调要坚持辩证唯物主义的思维方式，但由于“左”的影响和传统思想意识的制约，至今，仍然有一些同志的思维方式是封闭、僵化的。具体表现在以下三个方面：

一是绝对化的思维方式。把一切事物都看成是绝对的。实践证明，凡事绝则偏。事物发展到极端，就要向对立面转化，这是唯物辩证法揭示的一条普遍规律。中国有句老话叫“物极必反”，说的就是这个道理。人的思想，即使是正确的思想，是真理性的认识，但如果把它绝对化，就会越出真理的界限，而变成谬误，影响甚至危害改革事业的发展。

绝对化的思维方式，在现实生活中表现在很多方面。如强调尊重知识，尊重人才，有的只看学历、文凭，不看水平和实际工作能力；选拔干部强调年轻化，有的则认为越年轻越好，把些缺德少才的年轻人也提拔到领导岗位上来；调动干部、职工，只看档案里的死材料，不注重实绩考核；强调用经济手段管理企业，有的则认为，奖金发得越多越好，光用钞票来调动职工的积极性。绝对化的思维方式，使我们吃过不少苦头，再不能让其继续下去了！

二是“求全”的思维方式，用“十全十美”观点来衡量一切。事情要办得“十全十美”，选人才亦要“十全十美”，这是一种天真幼稚的想法。一个人的思想认识总是有限的，办事情不可能“一贯正确”。这件事办得对，不见得件件事都办得对；某一件事办得好，也不能说绝对的好。美玉犹有瑕，“完人”哪里寻！“有峰必有谷，有浪必有波。”有真才实学的人，也免不了有失误和缺点。有位领导同志说得好：“单位求全一般化，工作求全平铺塌，家庭求全要吵架，人才求全要糟蹋。”此话很发人深思！

三是肯定一切或否定一切的思维方式。如某同志在某一方面取得显著成绩，被评为先进人物，有人就视其为一条“龙”，大加神化，任意夸张，将一顶顶桂冠都戴到他的头上，表彰鼓励，授予称号，挖掘经验，组织演讲，号召各行各业都来学习，“取经”的各路“神仙”蜂拥而至，弄得先进个人难以招架。当先进个人说错了一句话，办错了一件事，改革中走了点弯路或犯一点错误后，有人又视其为一条“虫”，大加丑化，抓辫子，挑毛病，泼脏水，大有“墙倒众人推”之势。要么一好百好，要么一孬百孬；要么一条“龙”，要么一条“虫”。

以上这些思维方式，都违背了唯物辩证法，不利于安定团结和改革的顺利进行。这就迫切要求对思想政治工作的思维方式进行一番改进，才能适应新形势发展的需要。

首先，必须确立系统思路的思维方式，要根据系统内部和外部的各种因素来思考问题，做好工作。思想政治工作是社会的一个大系统，而一个部门、一个单位、一个车间、一个科室、一个班组，又可成为一个子系统，要研究大系统与子系统相互制约、相互影响的作用，运用系统思路的思维方式，根据改革开放给社会带来的新变化和人们的思想承受能力来做工作，实事求是，客观公正，因势利导，才能取得好的效果。

其次，要具备分析和综合的思维方式。分析和综合是人们在实践基础上，由感性认识上升到理性认识过程中的一种基本方法。所谓分析，是指思维把认识对象分解为它们的各个组成部分、方面和要素，对它们分别加以研究的方法。所谓综合，就是把认识对象的各个组成部分、方面、要素等联合成一个整体，从而认识事物的方法。如分析一名干部或一名职工的思想变化过程，不能道听途说，更不能捕风捉影，要对影响他们的众多因素进行了解、考察、分析、综合。要在他们工作过的岗位上，对不同时期、不同阶段、不同时刻和发生的不同事情进行考察，而不同时刻是由各不相同的社会历史画面组成的，每个历史画面发生的事情，又受社会因素的诸多影响。这些因素往往都是错综复杂的。如果不分青红皂白，不加分析综合，抛开社会的诸多因素，把什么问题都说成是当事人的主观原因造成的，进而把事情引向“政治化”“上纲线”“戴帽子”“打棍子”“抽鞭子”，这样的思维方式，就会把人“看死”，甚至能把人置于死地。看一个人，不能看他一时一事的表现，而要看他的全部历史和全面工作，特别是现实表现。这才符合辩证唯物主义的思维方式。

恩格斯说过：“一个民族，要想站在科学的最高峰，就一刻也不能没有理论思维。”要建设社会主义的物质文明和精神文明，就必须要有正确的理论思维，真正树立起辩证唯物主义的思维方式。只要各级党委、政府共同努力，我们的思想政治工作必将展现出新的生机和活力。

原载《江苏建设政工研究》杂志1989年三期

论发散式思维在思想政治工作中的运用

如何加强和改进企业的思想政治工作，是个老问题，也是个新课题。究竟怎么改进？我认为除了从教育方法、形式等方面改进外，还必须从我们的思维方式来一番改进，要大力提倡运用发散式思维来开展思想政治工作。

何为发散式思维呢？就是多种思维指向、多种思维起点、多种观察角度、多种思维结果的一种全方位思维方式。这种思维方式，可避免片面性，使思想政治工作更富有说服力。

然而，长期以来，这种思维方式，在思想政治工作中，运用得并不好。某些企业的领导同志，往往沉醉于单一思维和直线思维，固守一个起点、一种观点、一种认识、一种评价标准、一种思维结果，从而人为地把思想政治工作搞得简单化、绝对化，压抑和挫伤了职工的积极性，影响了职工的创造力和企业的活力。我们常可看到，有的企业的领导人，在一个单位工作了很多年，仍然“故园依旧”或面貌变化不大。其中原因固然很多，但主要原因是他们习惯用单一思维和直线思维从事企业的思想政治工作和管理工作，把职工的优点、特点当作缺点对待，扼杀了老中青职工的主人意识和创新意识，使他们产生逆反心理，“小牛”生气，“壮牛”泄气，“老牛”叹气，企业没有凝聚力，队伍失去战斗力，这样的企业，怎么能开创新局面呢？

因此，一个企业的领导者，如果不善于运用发散式思维从事教育和管理工作，单凭直线思维和单一思维开展工作，势必会压制、践踏职工的自尊心、创造性，这无疑是对企业生命的扼杀和摧残。因为，人是企业的灵魂，是企业兴衰的关键。可见，运用好发散式思维，对一个企业来讲是何等的重要！那么在企业的思想政治工作中，如何运用好发散式思维呢？

首先，思想要敏。思想反应要快，要有向四面扩散的思维敏感。要敏锐地捕捉和处理从各个方面、各种渠道反映出来的各种信息，这是企业领导和从事思想政治工作的同志应该具备的一种特殊本领。因为我们处在信息时代，如果不能捕捉到职工思想上出现的各种信息，就难以“对症下药”。有人说，企业的领导人和思想政治工作者，应该是“信息灵通人士”，比一般人多一个“信息鼻子”。此话很有道理，一位善于广张信息网的领导人，往往思想活跃，思路开阔，思维敏捷，能较好地洞察职工思想变化的来龙去脉，从而做出快速反应，迅速调整自己的活动和方法，抓住职工思想问题的“关节点”，有的放矢展开工作，使问题得到顺利解决。

其次，因果要清。社会上的事情是复杂的，不可能是一个原因、一个结果，而常常是多因一果、一因多果或多因多果。所以，我们在做思想政治工作时，就要全面了解、分析事物发生的原因和结果。如我们建委系统，原来有七名同志，既有组织能力，又富于开拓精神，只因他们在历史上有这样或那样的问题，前几年一直坐“冷板凳”，得不到重用。党委对他们犯错误的原因和结果进行了分析。既分析直接原因、间接原因、内部原因、外部原因，又分析背景原因、时间原因、主要原因、次要原因，重新做出评价，否定了原来的一些错误结论，并任命这些同志担任了机关科室和下属单位的领导，使这些同志放下包袱，振奋精神，在各自的岗位上创造性地工作。近五年来，丹阳建委系统无论产值、效益均分别以5%和2%的速度递增，也是和这些同志的努力分不开的。

第三，观察要深。要运用好发散式思维，还要学会“多点观察”。不能只看一面，既要看到事物的正面，又要看到事物的反面；既要看到事物的表面，又要看到事物的本质；既要看到事物的背面，又要看到事物的侧面；既要看到事物的横切面，又要看到事物的纵切面。这样观察问题，就比较全而深，不至于被表面现象所左右，就能科学地解决职工的一些问题。如1989年，在压缩基建规模的情况下，建委下属有个公司的经理，为了解决四十多户职工住房困难的问题，盖了两幢住宅楼。有人便写信上告，说他无视中共中央关于压缩基建规模的指示精神，跟中共中央唱对台戏，要求查处他。市有关部门也认为这件事严重，应该处理。可建委党委没有急于表态，而是经过调查，由表及里，对这件事进行了讨论研究，认为他盖的房，不是楼堂馆所，而是职工住宅楼，是解决职工无房可住的燃眉之急，虽然在项目批准的手续上不健全，但也不能说他跟中共中央唱对台戏。党委主要负责同志为这位经理据理力争，保护了这位经理。事后，很多职工说，领导这样观察问题，实事求是，符合辩证法。

第四，联想要广。要运用好发散式思维，还要善于联想，通过对比联想、相似联想、浓缩联想、远近联想，克服从众心理，拓宽自己的思路，产生更多的创见，面对职工中出现的各种思想问题和种种矛盾，就能从容不迫地辨别真假，判断是非，权衡利弊，决定弃取，使问题得到圆满解决。

总之，发散式思维是辩证唯物主义的一种思维方式，只要我们在实际工作中认真加以运用，就能在错综复杂的事物面前，通观事物全貌，了解事物的真相和本质，解决好职工中出现的各种矛盾和思想问题，最大限度地发挥思想政治工作的威力。

原载《江苏建设政工研究》杂志1991年四期

浅谈思想政治工作者的创新意识

在社会主义市场经济迅速发展的新形势下，思想政治工作者如何适应这一新的转变，把思想政治工作做得更活泼、更主动、更形象、更富有吸引力？我认为，关键的问题是要培养思想政治工作者的创新素质。

何谓创新素质呢？它是指人们从事创造性活动所需要的心理、个性等方面的条件，是人的创新能力的自然前提和基础。创新素质的核心是创造心理，也叫创造思维、创造机制等。它是思想政治工作者最高级的心理品质。当然，这种创新素质要在思想政治工作中开花结果，还需要个性、人格、作风等方面的因素做保证，这些保证因素，也是构成创新素质的重要成分。

思想政治工作者具备了创新素质，做思想政治工作就有广度、深度和力度，就可以把广大职工引向新的制高点，看到自身的价值，看到本单位发展的前景，看到改革开放的美景，以增强思想政治工作的凝聚力，激发职工为企业的生存、发展做种种“惊险跳跃”，大力发展生产力，使企业在竞争中立于不败之地。可见创新素质在思想政治工作中的作用是多么重要！那么，思想政治工作者应如何培养自己的创新素质呢？

一、要追逐新颖。我们面临的新形势将会遇到过去所没有遇到过的新情况、新问题。思想政治工作者要敢于“喜新厌旧”，对新生、新鲜、新奇的事物嗜之如命，摒弃在计划经济条件下，某些陈旧、僵化的“规定动作”，增加富有新意的“自选动作”。

首先，要特别注意研究职工心理的新变化。现在，职工对思想政治工作的要求是实事求是、活泼新颖、形象生动。如果光讲那些脱离实际的大话，掩人耳目的假话，不解决问题的套话，模棱两可的胡话，谁爱听呢？

其次，还要注意调动职工的形象思维。《宣传心理学》中有一条叫“说服中的新奇律”，就是指政工干部们，在宣传演讲中，要有新鲜事例和观点，才符合职工求新、求奇、求特的心理特征。假如一开口，还是翻来覆去讲过去老一套的概念，司空见惯的事例和结论，职工当然不爱听。一定要抓住新鲜的东西，具有时代特点的东西，用具体生动、形象鲜明的文字加以表达，并采用“目击式”现场感、形象感的事例加以说明，就能直接调动起职工的视觉器官，产生形、色、味俱佳的实感。对于绝大多数职工感兴趣的某些动人情节和一些模糊观点，尤其要详细宣传、解释，这样就可以帮助职工通过形象思维，进行逻辑思维，从理论、政策中受到启发。对在市场经济条件下职工中出现的一些新追求、新需要，也不能不分青红皂白地一概指责、禁止。无疑，我们要坚持弘扬光明的、健康的、向上的、善良的、美好的东西，但我们也要宽容一些平实、无害、充满知识性和趣味性的东西，切不可给职工的新追求扣上各种

"政治帽子",加以"无限上纲"。

追逐新颖,思维必须更新。有了新思维,思想就开明,头脑就聪明,方法就高明,就会萌发强烈的探索动机,用新事物、新内容、新观念、新形式、新方法、新语言来从事职工的思想政治工作。

二、要好问多疑。不迷信权威和任何现成的事实材料,养成好问、不轻信的习惯,培养自己以多疑为起点的独立思考能力,这是创造思维的起点。

越是不轻信,发现的问题越多,自己的工作就越深入,越能由表及里地发现事物的本质,越能给党委当好参谋。1991年,我市建委下属有位党员中层干部犯了赌博错误,党委准备免去他的职务。我闻讯后,产生了疑问,这位干部我1987年就认识,一直表现很好,不但事业心强,富有开拓创新的改革精神,而且对自己要求严格,怎么会参与赌博呢?是否还有别的什么原因?想到这里,我再也坐不住了,立即到那个单位找职工座谈了解,还找原来和他在一起工作过的同志了解,终于弄清了事情的真相。那位党员中层干部根本没有赌钱,而是本单位一名职工对他提出无理要求,遭到拒绝后,便怀恨在心,编造谎言,通过在建委领导身边工作的一名职工乱告状,想把他"整"下去。我把了解到的情况向党委主要负责同志做了汇报,澄清了事实,党委取消了免去他职务的打算。

现代心理学科学地指出:怀疑是一种极有价值的思维品质,生活的智慧就在于逢事问个为什么。对已有的事实或材料进行怀疑，是产生问题的前提，是重新发现问题、解决问题的创新行为。然而，这一点往往被忽视了，应当引起我们的重视。

三、要善于反思。反思，即“反过来想一想”，也叫逆向思维、反面求索、反常思维。善于反思，可避免片面性、绝对性。另一方面，也可独辟蹊径，别开生面，使思想政治工作产生“轰动效应”。

去年初，有不少人讲丹阳的干部素质高，思想以及工作作风都过硬，深受广大市民喜爱。我听后，提出反问，难道丹阳的干部思想、政治、作风都过硬吗？这样讲，群众信服吗？有没有群众不喜爱的干部呢？于是我以“您喜欢什么样的干部，不喜欢什么样的干部”为题，深入丹阳一些企事业单位和市民中调查了解。不少市民向我反映，丹阳确实有很多干部能做到“党的政策记心头，团结奋进有劲头，艰苦奋斗带好头，关键时刻冲前头”，群众喜欢这样的干部。但也有一小部分专爱听“喜歌”“喜讯”的“喜鹊干部”，无所作为的“混世干部”，说大话、空话的“吹牛干部”，光许愿、不办实事的“甜嘴干部”，图形式、摆花架子、华而不实的“葫芦干部”，做假汇报、报假数字的“水分干部”，一味追求个人政绩、搞短期行为的“荣誉干部”，盲目表态拍胸脯、决策失误拍脑袋、出了问题拍屁股的“三拍干部”，等等，群众不欢迎这样的干部。实践证明，善于运用逆向思维，就会产生与众不同的看法，收到好的调查效果。

四、要敢于放胆。从事思想政治工作的同志，要培养自己的创新素质，还要敢于放胆。任何一种创新，总是要冒风险的，什么是“胆”呢？它是指敢于坚持真理，勇于创新、无所畏惧的气质。放胆，就要增强自信心，克服自卑、自怯心理。自卑，是一种过分的自我批评，它是创造力的敌人。自怯，是一种心理失调现象。我们有些做思想工作的同志，也许并不缺乏创见，只是由于胆怯，顾虑重重，不敢大胆表现自己，不敢宣传自己在思想政治工作中的价值，所以在工作中就难以创新。

总之，每一位从事思想政治工作的同志，只要更新思维，深入实际，不做旁观者，争做参与者，“入之愈深，其见愈奇”，创新之花就理所当然地属于自己了。

原载《江苏建设政工研究》杂志1988年三期

发扬党的实事求是的优良作风

邓小平同志在《解放思想，实事求是，团结一致向前看》的讲话中明确指出：“实事求是，是无产阶级世界观的基础，是马克思主义的思想基础。过去我们搞革命所取得的一切胜利，是靠实事求是；现在我们要实现四个现代化，同样要靠实事求是。”那么，如何才能做到实事求是呢？

第一，必须反对说假话、办假事。说老实话，办老实事，这是每个党员干部应有的品德。但是至今仍有少数同志说话办事华而不实，或者弄虚作假。如有的对自己的工作不能一分为二，只能表扬，不能批评；有的汇报工作时，光报喜，不报忧，领导爱听什么就汇报什么，并善于添枝加叶，夸大成绩，甚至胡编乱造，用假数字、假材料、假典型来哄骗领导，骗取荣誉，捞取政治资本。现在，这种人虽然不多，但并没有绝迹，仍需提防。我们的同志务必要懂得，要实现“四化”，只能说真话、办真事，容不得半点虚假。每个党员干部都要下决心使自己成为说真话、办真事的模范。

第二，必须反对本本主义，敢于解放思想，实事求是地解决问题。在我们现实生活中，有的同志对人民群众提出的一些问题，不敢实事求是地解决。他们的理由是：“书本上、文件上没有的不能办，领导不点头的没法办，没有先例的不好办。”因此，无论大事、小事都要请示上级，自己不敢说、不敢办。我认为，凡是符合党的十一届三中全会以来路线、方针、政策的事，要敢说敢办。上级没说的，自己可以说；上级没想到的，自己可以想；文件上没有的，自己看准了可以干；人家没办过的，自己也可以开先例；上级有些规定不适合本地、本单位情况的，可以变通办理。这样，才能充分发挥自己的积极性、主动性、创造性，才能使我们的事业出现生机勃勃的新局面。如果万事都靠书本、文件，都要等领导点头表态，思想就会僵化，革命事业就不能前进。正如邓小平同志讲的那样：“一个党，一个国家，一个民族，如果一切从本本出发，思想僵化，迷信盛行，那它就不能前进，它的生机就停止了，就要亡党亡国。”

第三，必须反对理论和实际相脱离的不良作风，坚持理论联系实际，认真搞好调查研究。有些同志也读了不少马列主义、毛泽东思想的书，并能滔滔不绝地演讲一番，但不会运用他们的立场、观点和方法来具体地研究和解决“四化”建设中的新情况、新问题。这对党的事业十分有害。我们一定要在马列主义、毛泽东思想的指导下，认真地实践。特别是担任领导工作的同志，更要加强调查研究，做决议、发号召要符合客观实际，坚持理论和实践相结合，按照实际情况确定工作方针，决不能心血来潮，凭想当然办事。

原载《廊坊日报》1983年10月26日三版

要充分发挥思想政治工作的威力

在全党工作重点转移后，还要不要继续做好思想政治工作？对于这个问题，前一时期，一些同志产生了一些片面甚至错误的认识。有的认为："用经济手段管理经济就行了，何必再搞思想政治工作？"有的认为："说一千，道一万，不如奖金威力大。"在这种思想的支配下，有些单位放松了思想政治工作，致使有的职工光是追求狭隘的个人物质利益，争利而忘义，两眼盯着钱，把奖金放在高于一切的地位。用钱衡量一切，看钱用力，钱多多干，钱少少干，产生了按酬付劳的雇佣观念。

为什么会出现这种情况呢？究其原因，主要有两点：一是一些同志产生了"思想政治工作无用论"的错误认识，认为"思想政治工作，是说空话，解决不了根本问题，唯有奖金才是搞好工作的动力"。二是不能正确摆正物质利益和思想政治工作的关系。有些同志片面地认为，物质利益是第一位的，必须抓好；思想政治工作是第二位的，抓不抓，无关大局。只要把生产搞上去，盈利多，奖金多，干部好当，事好办。如何解决这些问题，真正发挥思想政治工作的威力呢？我认为，必须注意抓好以下四点：

第一，要积极引导干部、群众正确处理物质利益和思想政治工作的关系，使人们真正认识到思想政治工作是搞好一切经济工作的保证。用经济手段管理经济，实行奖金制度，决不意味着可以放松或取消思想政治工作。因为，我们所说的物质利益，不仅仅是个人的利益，更重要的是国家、集体的利益，党和人民的长远利益，离开了这个根本利益，何谈个人利益？！我们提倡的是顾全大局，立足长远，为党分忧，为国争光，努力工作，多做贡献的高尚思想，自觉地为实现当前和长远的革命目标而奋斗。这种高度的社会主义觉悟，也绝不是用奖金所能激发出来的，必须经常进行热爱党、热爱国家、热爱社会主义的教育；经常组织广大干部群众学习马列主义、毛泽东思想，学习党的路线、方针、政策；经常进行毫不利己、专门利人和全心全意为人民服务的教育，培养人们的高尚品德和崇高理想，这样，才能使广大干部群众为实现“四化”的大目标而奋力拼搏！

第二，总结回顾思想政治工作在我党历史上的巨大作用，提高人们对思想政治工作威力的认识。我们之所以能赶走日本帝国主义，打垮国民党反动派，建立中华人民共和国，靠的是什么？靠的是马列主义、毛泽东思想对全党的思想武装；靠的是不怕牺牲、排除万难的革命精神和一往无前、压倒一切敌人的英雄气概；靠的是实现共产主义远大理想的坚定信念。总之，靠的是思想政治工作的威力。我们要通过总结回顾，使每个同志认识到思想政治工作不仅过去起过巨大作用，在建设“四化”的今天，仍然是我们搞好一切工作的保证，因此，必须坚定不移地抓紧、抓好党的思想政治工作。

第三，要把做好思想政治工作和解决实际问题结合起来。过去，我们有些同志做思想政治工作，不注意结合实际解决问题，从而降低了思想政治工作的威力。今后，我们应改变这种状况，真心诚意地想群众所想，急群众所急，帮助群众解决亟须解决的问题，对于那些一时没条件解决的问题，把道理讲清楚，群众也是能体谅的。只要坚持把思想政治工作切实做到生产、生活中去，就会受到群众欢迎。

第四，领导干部以身作则，带头学，带头做。担任领导工作的同志，无论工作多忙，也要抽出时间多读一点书，多掌握一些理论，这样才能做好思想政治工作。同时，也要严于律己，为群众做出表率。身教重于言教，行动最使人信服。如果你在台上讲得慷慨激昂、娓娓动听，而自己不身体力行，即使你的演讲再好，也没有多少人愿听，更不能叫人信服。领导干部只有廉洁奉公，不谋私利，吃苦在前，享受在后，以自己的模范行动影响和带动群众，把言教和身教结合起来，才能增强思想政治工作的威力。

原载《廊坊日报》1982年4月12日三版

后　记

我的文章结集出版了。这本书除了少部分较长的文章，绝大部分都是几百字或千字左右的短文，有同行曾对我说："你的文章像'豆腐块'，'体积'虽小，但'营养'挺丰富。"这无疑是对我的鼓励和鞭策。

写精彩的长文章难，写短小精悍的文章更难。文章的立意、标题、取材等都要富有新意，有思想性、指导性、趣味性、可读性，这实在是一件不易做到的事。几十年来，我一直在这些方面不停地努力，虽然写出了不少获奖作品，但仍常有"路漫漫其修远兮"之感。

在长期的实践中，我深感要想与时俱进地写好评论文章，有两点要特别注意：一是做到"顶天立地"。"顶天"就是认真学习中共中央的方针政策及中共中央领导人的讲话，吃透中央精神，写文章就有"主心骨"，不会迷失方向，避免发生左右摇摆的现象，这点尤为重要；"立地"就是要接地气，多深入实际，多接触群众，调查研究，掌握一手材料，抓住群众关心的"热点""难点""焦点"等问题，写出来的文章"接地气""贴民心"，就容易引发读者共鸣。二是做到"'标'新立'意'"。标题是文章的眼睛，立意是文章的灵魂。"题好半篇文"，一个新颖、活泼、凝练、生动的好标题可以起到点明主旨、亮明观点、画龙点睛的作用。

本书的出版得到了亲友、同事及新闻界同行的关注和鼓励。在此，特别感谢古吴轩出版社的领导和编辑人员对该书付梓的大力支持！我由衷感谢我的妻子，她始终是我的第一读者，对我的作品提出过很多建设性的修改意见。今年是我们50周年金婚，“风雨同舟五十年，相濡以沫两心牵”，谨以此书向金婚纪念献礼。

在本书出版之际，我还寄语孙辈们——笔耕书上除勤奋无他，舟行学海有远志领航。希望你们在人生的大舞台上，自信、自爱、自尊、自强，用广博的学识、高尚的情操、深厚的修养，谱写人生的“名篇佳作”！

丁锁明

2018年春